民國閨秀集

肆

徐燕婷　吴平　編著

上海古籍出版社

張汝釗 撰

綠天簃詩詞集

民國十四年（一九二五）鉛印本

提要

張汝釗《緑天簃詞集》

《緑天簃詞集》一卷，張汝釗撰，詞與《緑天簃詩集》合刊爲《緑天簃詩詞集》，民國十四年（一九二五）鉛印本。國家圖書館、上海圖書館、復旦大學圖書館、華東師範大學圖書館等有藏。封面有老梅題簽，内附詞人小像一幅，並有老梅題贈。鄒弢、王蘊章、羅雲、王肇等人爲之序，四明羅雲、無錫宋淼、四明羅華、鎮海李雄芳、北京許遂、胞弟張錫誠、無錫鄒國豐、胞姊張嶼月、寶山舒昌森、姑蘇諸懿德、吴江張榮培等人題詞。集末附有《緑天簃詩詞集勘誤表》一份。

張汝釗（一九〇〇—一九六九），字曙蕉，浙江四明人。一九二六年畢業於上海國民大學，獲英文學士學位。曾在寧波四明中學任教員，後任寧波圖書館館長，精通基督教教義。一九五〇年正式剃度，皈依佛門，從此焚棄筆硯，致力於弘揚佛學，法名聖慧、本空，字又如，號弘量。任武昌菩提精舍和女佛學院教授。除《緑天簃詩詞集》外，尚有《海漚集》《發心學佛》《現代思潮與人間佛教》等著作。

《緑天簃詩詞集》主要創作於其求學階段，集中詞作數量遠不及其詩作數量，而從作品的視野和藝術性來看，其詩歌成就要遠高於詞。不同於尋常閨秀詩詞的傷春悲秋、吟風弄月，張汝釗作品中尤其是其詩作中體現了寬廣的視野，題材内容也極爲豐富，詠史懷古、紀游感事、指摘時政等等，展現了一名閨閣女子對生活的關注、對現實的批判、對時政的思考，展現出「男兒氣概」。根據張汝釗《送同學袁錦雲至濟南文》自述學生時代之事，也可見其不同於一般兒女之態：「吾袁氏錦雲姊，而吾得之於上海女青年會肄業時也，相逢傾蓋握手言歡，以寶刀贈。自此花鳥怡情，山水寄興，莫不相偕。每言及國步艱難，聲泪俱下，或中宵聞雞拔劍起舞，其慷慨悲歌之概，不減祖狄、劉琨二人也。」〔《海漚集》上，民國二十三年（一九三四）四明印書局排印本〕故其詞作内容以寫景、詠物、擬古、詠史、唱酬、懷思之作爲多，清麗温厚，幾無濃艷婉媚之作。而部分在表現身世感懷的詞作中，亦常流露出濟世的情懷，如《荆州亭·傷懷》一闋，詞作情景結合，在傷懷客途落拓、身體抱恙之餘，詞人更傷感於救國無路，這類作品較爲接近其詩作的風格。王肇在序中稱其詞「其格律之謹嚴，詞旨之温厚，氣魄之沉雄，持較汪、吴二家，已具體而微」。

綠天簃詩詞集敘一

玉臺近體寫徐陵側豔之詞金屋新妝句潘岳閒情之賦大抵閨人之著作每深文士之流連故錦織鴛機疑有捉刀之妙手琴揮馬帳非無執梃之高生從未聞筆下千言目耕九紙既畫旁行之字更精大雅之吟問其年數指闌干尚是無知之歲月論其境家傳懷葛居然太古之門閭而終能寶相無虧靈根不昧者人羨其得天之厚我憐其立志之悲矣門下女生張曙蕉年二十六四明人汝釗其名也石家門第謝女才華降生於神

女山頭貯豔於望仙樓上十二歲即能作韻語初胎洗鍊證明月爲前身正學鑽研十四歲通經史挹清芬于古籍傳惠班之史筆稱鮑明之通才無如聖善難逢寧馨枉具竟令毀君苗之筆硯易崇瑕之衣冠駿馬馱癡不許綠窗志學文鴛遺恨長教紅袖呼天因而淚珠鮫多薰籠麝冷直欲心同冰雪氣闕松筠齊妻不能喻其哀巴婦無以形其苦一奩賸粉春愁鏡裏之鸞兩等金釭秋瘦釵頭之鳳家庭之惡身世之艱剝床則豹不留皮入店則龍眞出骨人生至此尙何言哉然而衡慮困心者命也否消泰

入者天也先承夫盤根錯節之難而後有雲破月來之快譬若癡蠅鑽紙欲開眼界之空明精衛啣沙何計波心之深淺乃得惡君捉搦還我本來即景舒情感時命意或遇姜張於柳岸或從皮陸于松陵亂翻舌底蓮花音參歐美盡唾胸中雲夢學貫中西於是煩惱觸除機神激盪雖蒿目兵戈世界最關心花鳥春秋每當曉日熙晴昏燈颭夜蝶翩翩而弄影蛩唧唧以鳴愁曙蕉以經歷之餘多幽憂之感塞北孤怨江南十哀兩字推敲幾欲牢籠巾幗九天欬唾直將壓倒鬚眉回思弱燕依

人嬌鶯無主月初三而羞輕鳳猶有童心年十五而嫁王昌難期幸福茲乃木雞養到書蠹修成立身于兩大之間放眼在萬年以後道韞解吟哦之趣無限從心羅蘭兼哲化之精自由如意今年秋仲以所著之綠天簃詩詞集囑爲序引余與生高才相契薄命同憐固知貴介神仙偶攖浩劫不比尋常桃李但媚春風今者病榻衰翁方耽死趣闢圖進士綜集清華不嫌朽竹之龍鍾願以高粱爲鶴壽因重讀其烏絲妙製黃絹新詞轉戛玉之雙聲此集竟成才調界簪花之一格卿身合住清

盧既承分惠之憐合下燒香之拜嗟乎男兒如許問幾人養望名山脂粉何辜任大衆埋香地獄生獨保存國粹闡發坤靈雖慧業之天成實雌英之世出他日重洋鍊智九域題名陳夫人不媿秀才甄女后定稱博士墜緒繼五千年以上當祧倉頡爲先宗美風迎三萬里而遙欲陋楊修爲小子民國十四年乙丑中秋梁溪酒匄鄒弢序時年七十有六

綠天館詩詞集卷一 三

叙二

語曰詩窮後工釋之者曰詩非能窮人也實窮者而後工詩耳故愁苦之音易好歡娛之言難工斯語也余向力持異議今讀四明張女士之詩而猶信辛酉壬戌間余棄涵芬樓傭書職而主滬江大學國文教席張女士實來同學初見其文汪洋恣肆不類尋閨閣中人既心焉異之矣既女士出示其所爲古近體諸詩憔悴婉篤似少陵雄健豪放似太白至其幽棲激裊一往而深騷之遺耶雅之變耶明珠翠羽失其鮮妍大呂黃鐘遜茲

典重私詫今世之中安得有此晚近國粹淪喪莘莘學子中不乏文章斐然之士大率涵濡家教切磋師友學優而後至非就學而後始優也女士年甚少學甚富卓然有以樹立若此意其家庭中必有無涯之幸福在讀女士之書奇女士之人因就叩女士之生平則知其所遭竟大出予意外夫也不良匪可理喻女士蚤歲趨庭飫承乾蔭自墮塵劫永謝歡悰不得已舉其胸中抑塞磊落不平之氣而一一寓之於詩詩日益工遇亦日窮且甚余佩女士之詩又不得不傷女士之窮而卒無

以塞其悲也既而思之詩教之衰莫今爲甚蝌吹蛙唱語不成文但標一新學爲眉目輒嘵嘵然自鳴於衆曰此詩也此詩也而人亦從而師之恬不知怪女士旣窮而工詩在其一身誠堪下淚而以是振風雅之墜緒姚綺羅之馨逸使雲園結社湖樓請業之餘韻重見於今日則女士亦自有其不朽者在又奚足悲矧女士今者飄然稅駕於雲水鄉中涉重溟適異國吸新知以融舊學發而爲詩必更有激進於此者則余且將稱賀之不已悲乎云爾哉獨惜予之瓠落無成自慚老大雖見棄

於明時而學不加進轉有渭城罷唱之慨豈余之不善處窮也耶女士行矣寒梅一花驪歌再唱葆此勁節相期歲寒他日學成歸來探篋中新稿尺許相示以驗詩之果能窮人與否余不敏猶當累息重欷援筆以墨首之文進女士其笑而竢之乙丑重九西神王藴章謹序

敘三

予於曩歲得古石罄于泗水之濱雖爲土人毁改其狀而扣之其聲清越以長亦可知黃鐘大呂終非久棄之物也吾人少讀詩書輒負才名往往因中多變故或迫于環境或困于際遇或生丁末造致使金聲玉戛湮沒不聞而土鼓蕢缶雷鳴振耳夫亦自甘暴棄耳豈果無以炫世哉方今潮流所趨醉心歐化新學日盛國粹淪胥而詞章之學更非今日青年學子所好求之新閨閣中尤尠能作韻語者獨張生汝釗少耽吟咏長益精工

每於科學繁複之餘猶時時好談風雅究心詩學夫詩以言志心有所感觸之則鳴第因處境之不同不覺吐詞之自異故其爲詩也忽而悲壯慷慨有英雄志士拔劍起舞之態忽而纏綿綺麗寫深閨幽怨之思忽而林泉曠達作高人隱逸之想若隱若現若喜若狂若泣若訴若怨若慕使讀之者覺其胸中塊壘萬千有騷人墨客所不能抒寫者生乃一一藉詩歌以發之蓋知其別有身世之感焉張生爲慈東馬徑村人生本金張世族夙稱左鮑聰明十五爲人婦奈厄於家庭舊制迫令廢

書遂使才華莫展亦復怨耦難諧屈抑經年痛心飲泣然讀書之志益堅吟咏之聲不絕杜鵑啼血對夜月以傷懷團扇無情寫秋風之哀怨負笈尋師具有四方之志憤時悲世力求百學之精今則學術淵深於顧斯遂

嗚呼人方以遭遇爲張生悲而吾獨以壓抑爲張生賀人苟非于困心衡慮中求生活安見其能負盛名成大業哉干將莫邪鍊之始銛元圭白璧磨之始澤生之文學其亦激之始成歟今者欲以所著詩詞壽諸梨棗囑予略爲删定幷乞一序以弁簡端予深喜其一閨房弱

質耳竟能出其著作流傳於世倘更益深造何難追踪李杜壓倒元白使世之讀其詩者歎爲琳琅滿紙如雞林賈人獲得至寶則亦猶夫吾之得古磬然使黃鐘大呂之音終當發淸響於人間而不至終於廢棄也豈不快哉爰樂爲一言以歸之民國十四年長至日憒夫羅雲撰

叙四

有清一代多才媛而余所最服膺者爲錢塘汪允莊女史端著有自然好學齋詩鈔七卷其詩格律謹嚴詞旨温厚氣魄沈雄雖置之古大家集中幾不能辨其楮葉厥後咸同間吾吳有吳紉之女史苣著有佩秋閣詩鈔四卷詩雖不及汪之多語其造詣亦堪與汪相伯仲焉之二女史者皆以博雅之才發爲中正之音故能上繼二班下追左鮑與尋常閨閣中專以風雲月露之詞摘句尋章之學鬬纖競巧者迥殊其趣方今新學盛行風

雅道廢青年子弟既靡精力於旁行斜上之文聲光化電之學而能以其暇作爲有韵之文者已不多覯而況其在巾幗中哉四明張汝釗女士者余女橘芬之同硯友也幼耽吟詠中間以遇人不淑此事遂廢近年得恢復自由入校肄業迺於絃誦之餘重理夙嗜今秋裒其所作將付梓人介橘芬問序於余余讀之覺其格律之謹嚴詞旨之溫厚氣魄之沈雄持較汪吳二家已具體而微倘進而益上安能限其所止也哉爰書數語以誌欽佩乙丑長至後一日藥農王肇謹序於平江味古齋

綠天簃詩詞集題詞（以題贈先後爲序）

四明文甫羅雲

十年幽怨寄胸懷，寫入新詩亦可哀。天爲聰明偏作難，人因磨礪始成才。敢將歲月閒中度（生每於休假餘間從予論詩），不盡牢騷筆底來。別有一腔家國恨，幾時得逐笑顏開。

年年塵海歎飄零，閱盡滄桑世路經。入室嗟親頭已白（因母老阻其放洋），憐才知我眼還靑。詩宜酒後挑燈讀，詞好花間按譜聽（生塡詞多佳句，絕似花間詞）。如此才華偏淪落，空教熱淚灑新亭。

無端弔古復傷今，一片離騷愛國心。香草美人懷舊怨，落花啼鳥盡哀音。怕聽枕上雞聲唱，時作閨中柳絮吟。我亦爲君歌一曲，唾壺擊缺夜沈沈。

桃花無恙笑青春，不向其中去避秦。時事多故，生集中常作避世語，然匡時憂國之志不少衰。却爲世多荊棘地，竟忘生是女兒身。近日女學界愛國勝男兒。高歌拔劍聊抒憤，下筆題詞自寫眞。莫僅一編珠玉重，羅蘭有志總須伸。

無錫宋淼

故人肝膽自精忠，血洗神州淚盡紅。不作尋常兒女語

銜哀爲賦大江東
人間嘗遍辛酸味四海茫茫誰可憑欲把斷腸詩句寫
夜深風雨起挑燈

四明曼公羅華

君不見花木蘭鐵衣錦馬渡邊關身經百戰滅强虜愛
國健兒多懷慚又不見謝道韞青綾幢下馳風韻高吟
柳絮驚四座才藻翩翩莫與並古來才勇出女郎聲名
孰比兩紅妝却問今世誰可擬爰有女子姓曰張張生
自小多勸樂生長豪華稱巨族讀書辨志異凡儕自是

英雄出巾幗非誇嬌女左芬癡已見當熊卓犖姿不須
兩小無猜好定配黃鬚鄰下兒誰知齊大非吾偶誤將
鵶鳳聯姻嬬閨房雖自獨酸辛詩書肯墮淸門後銀燈
相對自歔欷心如灰死無燃機裂殘三尺紅羅錦誓與
鴛央不共飛奮志求書謀自立玉臺還我靑緗業日求
百學夜耽吟深懼詩亡國粹滅況復中原事可哀眈眈
虎視逼人來一腔熱血從何灑報國應須女子才近來
爲學蒸蒸上別具襟懷氣尤壯工夫養到木雞成待破
長風萬里浪胸中塊壘比山高想像鳶肩頭虎毛有時

拔劍斫地碎燭花驚墜天風號天風吹我舊衣帶一夜飛渡地中海誓將負笈去三年化鏡終期仰羣概歸來泚筆著鴻模啜其餘瀝皆醍醐即今壽世詩百篇堪作他年嚆矢無

鎮海李雄芳

錦函流麗墨凝香欲讀離騷怕恨長名閥才華謝道韞碩人風度衞莊姜那堪舊夢尋回首誰遣新詞譜斷腸惆悵華年哀樂感無端錦瑟訴淒涼

錦囊貯得思氤氳曾被焚香寶鼎薰未免有情誰遣此

可憐多恨獨傷君還將小影託香草多恐前身是彩雲
旗鼓騷壇看拔幟不教文弱薄釵裙
纏綿緼藉足風流深得風人意旨柔獨抱書心食蠹化
紛披絲緒學蠶抽叨叨小令塡淸夜淡淡澄懷寄素秋
蠻格夜鈔香豔體滿簾花氣爲君收
夜闌花霧轉黃昏錦字花箋手擘溫細嚼香葩讀律賦
吟函明月鍜詩魂牕前寫格詞多麗海上題襟淚有痕
不作秋蟲吟瑣碎放開眼界視乾坤

北京白石許遂

綴玉編珠古調清龍蛇浩浩鬼神驚一篇脫手誰能會
楓冷吳江萬里情
鳳舞龍騰逸氣遒澧蘭沅芷寫離憂眼前詩思清于水
未到秋來已覺秋

胞弟咀英錫誠

高燒紅燭寫吟箋無限幽思只自憐慰老怕添新白髮

姊于客冬大學畢業深慰母懷傳家賴有舊青氊願爲博望仙槎客擬遊

歷歐美不讀班姬紈扇篇我愧阿連才思淺春風池上草

芊芊

緑天簃詩詞集 續詞 四

歷盡艱辛世味諳頻年飄泊大江南憂時具有鬚眉氣
愛國猶多慷慨談詩思況能追元九（集中長古有類微之）詞華曾
不讓張三（詞近張三影）會須更讀瀛寰志異域風雲一討探
無邊風月寄閒情詩雜仙心境自淸莫作楚騷哀怨語
長爲衰世不平鳴三唐風雅留餘韻六代詞章負盛名
（姊留意詞章古學冀以保存國粹）不薄今人還愛古敢誇新學號文明
青燈滋味憶兒時月過紗窗夜漏遲我尙塗鴉纔解字
君能握管已成詩（姊年十二已能作詩）烏絲自寫纒綿句紅粉新
塡懊惱詞知有一腔身世感滄桑歷劫竟如斯

無錫民樂鄒國豐

自古重男不重女閨秀受侮實已巨清帝遜位專制除
五族共建新政府從此女子亦居前盛提參政與平權
乾坤陰陽本並重立品積學尤在先四明同門張女士
博通詩書與經史下筆千言四座驚國家多難肯輕死
急公好義世有幾英雄究不及英雌若而人者雖女子
階級不平亦不低可憐家庭惑舊俗年未及笄即輟讀
幸有造化爲斡旋聰明顛倒斷復續諸子百家益奮勤
近年更習旁行文女中泰斗詩中傑尊之願拜石榴裙

吁嗟乎君爲早婚而束縛我爲境遇亦輟學兩人遭際似相同其實何啻隔雲壑君今巍巍著作成洛陽紙貴不朽名我乃守株窮鄉角無聲無臭一毛輕古來才女如珠串才而且義我罕見大著付刊囑題詞佛頭着糞實顔汗

胞姊汝軏 嶼月

漫論島瘦與郊寒自寫心情付達觀不羨虛榮甘淡泊每因哀世起悲嘆浮雲跡踪飄零慣實學工夫鍛鍊難拚得十年螢案苦要將聲望重詞壇

左思有妹多才藻況復淵源家學眞豈以遭逢摧素志祇愁花月誤青春妹矢志讀書不敢自懈今已得英文學士位于國民大學文人慧業千秋筆兒女情懷百感身獨抱孤芳出塵世清標玉立見精神

玉女搖仙佩　寶山問梅舒 昌森

若非弄玉定是飛瓊解脫蓬萊宮例謫向人間盤根錯節絕不損其明麗智慧猶如是恁朱顏任運青春彈指恨嘉偶翻成怨偶空采蘼蕪願爲精衛含情問媧皇既補頹天應塡缺地　君乃謝家秀拔嚼蘂餐英欬吐幽

懷如寄省識塵寰良緣難得幾見秦徐雙美左右乖離幸藕絲㓰斷寶光珠氣但慰藉蘭心蕙性萬千珍重自須留意巴詞鄙聊爲點綴瑤編尾

水調歌頭　姑蘇秉彝諸懿德

黃帝神明胄不幸女兒身家庭况復專制婚早結朱陳好似鴉羣隨鳳又似雞羣立鶴苦海嘆沈淪造物無情甚暗淚拭瞞人　斷腸事秋雨訴最清新淑眞遇人不淑一樣竟何因道韞風流跌宕清照才華富麗鶼閣讓雙眞寫出詞幽怨拜倒女靈均

念奴嬌

吳江張蟄公 榮培

一腔幽恨莽天涯，誰念可憐身世。寫出柔情千萬疊，多半傷心鵑淚。紅葉緣鏗，香桃骨瘦，飽受酸辛味。剗除煩惱，尚餘巾幗豪氣。　怎奈早定婚期，全抛學力，誤盡家庭制。眼底滄桑人事變，始得鑽研文史。崇嘏才名，易安風調，拍案同驚異。使人爭道，談天鄒衍高弟。女士爲梁谿鄒翰飛先生高足，故及之

綠天簃詩詞集題詞終

綠天簃詩集

四明　曙蕉張汝釗著

述懷

白日馳驅靜夜歌生涯落拓欲如何蛩聲唧唧風蕭瑟
自入秋來感慨多憶昔童年髮齊額五車飽讀驚門客
憂時憂國類名臣恨不沙場屍裹革慷慨激昂時痛論
願將隻手擎乾坤鴻飛有志終難達誤我生平爲早婚
從此沾裳惟有淚鳳凰豈願隨鴉類煮鶴焚琴誰復憐
筆床硯匣長捐棄歲月蹉跎年復年塵心頓悟便成仙

滄桑變幻付一笑愁緒萬縷空雲煙輕生不願效秋瑾
碧血無端膏白刃憂思更薄朱淑貞吟愁啼恨老雙鬢
願洗鉛華不染塵冰堅玉潔守吾貞清風朗月長爲侶
白眼看他世上人老泉中年尙勤學蘇秦不用志逾篤
况我年齡少二君奇書萬國儘堪讀年來足跡遍東南
弱水蓬壺仔細探雖然面目風塵老且喜胸中萬象涵
明年擬徧歷環球長風萬里作壯遊學成歸來抒所得
願持寶筏濟同儔

遊普陀山

普陀仙島擬蓬萊乘興南遊足徘徊沙灘三回聽潮立
石梁二度看山來鐘聲敲破屠龍術梵語驚醒倚馬才
說法生公慳一面禪關靜處長莓苔
攀葛緣藤喜共登此身疑入白雲層懸巖石色清如鏡
繞塔潮聲冷似冰馬上看花多俗客殿前掃葉少閒僧
心田令我歸閒處一點禪機古佛燈
名山特地往來頻佛地何曾有點塵一片潮聲歸老衲
三潭月色屬閒人生公說法龍蛇伏惠海傳燈猿鶴親
坐入蒲團禪意靜白蓮臺上證前因

參來六字號彌陀走徧三山稱大羅茅屋無僧如佛印
深山有客愧東坡清池皓月禪機靜翠竹黃花妙悟多
隔斷塵緣歸佛國回頭彼岸見維摩

落花

春光九十算將終疏雨斜陽一徑風花落何心分上下
絮飛無定各西東仙雲易散留難住幻相全消望竟空
最是蜘蛛情意切抽絲宛轉網殘紅

南海步月

南海沙灘一千步匝地漫漫疑無路濤聲砰湃九萬里

木魅山妖不敢渡清風皓月海之邊琉璃萬丈空雲煙
舉頭仰望發長嘯乾坤倒影水底天中流八萬六千頃
波光蕩漾銀蛇影天風吹我過前灘脚踏寒光異塵境
光芒直射渺無邊驚起魚龍不敢眠遠帆出沒幾不辨
浩浩長空一色連細看鏡面無遺跡宇宙何曾分今昔
放眼四海無餘子狂歌不知今何夕

金陵懷古

金陵王氣一時收千古興亡感未休淮水豪華渾似夢
蔣山冷落已如秋烏啼故國聲悲咽客過新亭淚欲流

曾向臙脂尋古井荒煙蔓草跡難留

王業紛爭世世同石城形勢宛如龍金川事去宮猶在
玉樹歌殘恨未終徐鄧豪華餘冷月方黃節烈付悲風
可憐青史論成敗僥倖何人譽望隆

上佛頂山

彎環石級路重重瀑布聲喧帶曉鐘遊客縱誇腰脚健
幾人能達最高峯

怪石杈枒樹似龍朝霞滿佈大江東溪流急處風過樹
萬壑松聲曉色中

萬木叢中曉霧濃聲聲遠寺度疏鐘松深竹密疑無路
石破天開又一峯
佛窟深深擁翠嵐半天鈴語似清談風過溪畔疏松動
露出嶙峋白石龕

荆軻飲燕市

黑雲如墨掩白日鼙鼓聲中萬民泣四十萬衆長平敗
燕趙山河類瓦解降王傳車道相望猛士倒戈不敢抗
春風燕市何寂寂壯士愁腸借酒滌酒酣意氣吞長虹
十萬甲兵戰胸中狂歌激昂聊代哭歌聲悲憤和嗚筑

怒髮衝冠冠欲裂唾壺擊碎劍光缺拚將此身報君國
免嘆銅駝生荊棘君不見古來萇宏殉高節枯髏三年
化碧血

祝王蓴農師四十壽辰即步原韻

瀟灑王摩詰聰明有宿因新詞題瘦石小說譯勞薪多
學眞成富高才不礙貧鱸魚蒓菜志俗世素心人

二

四十春秋盛花香夕照遲齊眉人不老繞膝子方知王
粲詞章癖淵明水石癡門牆桃李蔭浪墨代絃絲

感懷

憂患年來已飽經飄零身世感浮萍試看絕壑蒼松節
歷盡風霜色逾青

留别孫太夫人

最是文宣老去時熱心新學賴扶持憐才深感垂青眼
論壽眞能比紫眉楊柳含煙縈繡轂桃花和淚送旌旗
他年雅集同人會定憶春風在座時
朱顏矍鑠鬢垂絲道貌欣瞻杖履隨問水尋山攜後輩
徵才益智重先知慈祥清潔推人望文采風流是我師

今日離筵偏惜別暮雲春樹繫人思

題南海聽水圖

水色山光照眼清普陀仙島舊知名雪濤怒激玲瓏石
洗盡人間絲竹聲

追悼曲 幷序

昔先王父客蘇杭娶庶祖母宓氏歸幽嫻貞靜貌亦娟潔鄉黨咸稱之後王父沒庶祖母長齋繡佛種花栽竹好讀書喜遊山水以予憨跳類男孩鍾愛特甚嘗爲予言其昔遭洪楊亂父死賊手已身

流落爲農家養女事唏噓悲慟予亦爲之泣下去冬臘月予因事留甯城一日而庶祖母卽於是日去世其僕婦告予曰當老夫人彌留間呼汝名謂其左右曰阿釗負笈遠方粗衣惡食頻年奔走席不暇暖今爲其寒假之第二日度輪船已抵埠矣倘果能今日來我尚得見其一面我望其不爲事羈逗留城中至晝猶及返家也言訖而沒悲夫夜涼無事棖觸前情心痛肝摧自恨好遠遊喜讀書使白髮老人臨終難謀一面悔何及矣乃賦長句

以誌哀

山北幽人四壁空（庶祖母爲浙江山北人其父爲清季名士）奇書萬卷羅胸中繞膝行吟惟一女冀他傳經續阿翁女生聰穎神仙屬玉骨冰肌不染俗荷鍤晨種琪草香提甌晚汲晴波綠三年讀盡周南詩託月烘雲製艷詞小小蘭香分果候盈盈碧玉剖瓜時五陵年少貴公子爭委紅羅與紫綺蓬戶雖知妙合歡天涯難覓眞連理無何鸛陣起北溟秋風瘦鶴唳華亭紅羊焰熇黃巾毒烽火熾天碧血腥贓兵鐵騎猛如虎錦繡山河成糞土銀屏珠箔棄泥

沙傑閣崇樓委榛莽女家煢煢只數人烽煙起處難容
身一肩行李斜陽道欲覓桃源去避秦茫茫身世悲寒
素仄徑沙灘泥滓步烏啼落月宿荒祠蛩咽淒風過古
墓殘山賸水洛陽城一騎突出刀槍鳴紅巾首裹虎頭
帽白羽腰橫燕尾翎見翁肩頭有財帛飛身下馬投鞭
策劫爾衣裳奪爾錢斷汝頭顱碎汝骨翁聞此語怒火
衝峻辭詈罵不肯從賊人懷恨刀飛白老父含悲血濺
紅女觀慘劇痛摧骨決志黃泉伴白髮躍入滄波灩澦
灘長居清淨魚龍窟醒來一夢轉大羅老婦數人語氣

和謂有男兒漁碧水網來女子出清波汝當毋我可避
禍也是前生良好果曉起同登三泖船夜來共織一燈
火女聽此語淚汍瀾生固傷心死亦難感姆仁慈聊自
活尋翁殘骸待平安風流大父稱文吏公暇常遊餘杭
地西子湖頭逢素娥葛翁嶺上癡謝尉千金爲聘百輛
迎紅顏白髮結同盟碧紗籠月春調瑟絳袖添香夜鬭
枰纖手調羹奉大婦柔聲悅色侍箕帚明眸皓齒艷鄉
鄰淑德懿行誇戚友春往秋來年復年此情過眼如雲
煙瘦腰一把庾郎病藥籠三更倩女憐罡風起處塵緣

絕碧落黃泉成永訣好夢難隨蝴蝶通淚珠長泣杜鵑血白楊瑟瑟近黃昏偷賦楚詞自招魂寫來長句復短句半是墨痕半淚痕從此鉛華洗膏澤冬來衣黑夏衣白寸心已逐曲江水貞志當如北郭柏長齋繡佛懺前因木魚鐵鉢敲淸晨紅樓繡戶長閉關古佛青燈結比隣諸孫輩中最我愛親擕彩筆畫眉黛可憐落葉已摧殘還想名花長灌漑讀書喜我聲琅琅放學歸來賞筆床常怕穿鍼願念佛每因逃學匿經堂歐化東漸新學識異鄉負笈方攻書風花有句憑誰賞寒暖無人只自

憶去冬臘月雪花飛俗事留城不得歸一紙書來腸欲斷三更魂返夢依稀入室搴帷撫棺哭哭聲悲慘振林木淒風動壁燭搖欄冷月睇窗漏點續

題羅文甫先生一分屋詩草

大雅扶輪海內師風騷正格仗維持年來治亂興亡跡盡入生花筆一枝

辜負屠龍濟世才秋江吟老事堪哀黃鐘聲啞由來久李杜當年亦棄材

不愧江東舊日名班香宋豔鬼神驚錦囊佳句盈千萬

都是心肝血積成

憂時傷亂柳屯田殘月曉風百感牽莫謂知音今有幾深閨珍重舊吟篇

秋夜感懷

新月照簾幙愁思此夕多寒蟲喧屋角倦鳥宿庭柯蠖屈能甘否鵬搴奈運何匣中雙劍在慷慨欲悲歌

重九登高

又值重陽候登臨玩物華詩成風落帽秋老菊生花雲外僧歸遠林間鳥語譁柴門遙望處知是野人家

岳墳 西湖雜詠二十首之三

白楊蕭瑟近黃昏，冒雨衝寒拜墓門。是日適值微雨
碑蹟而今雖剝落，丹心碧血自長存。

秋墓遺址

如此英雄有幾人，秋風秋雨殉吟身。
自從碧血歸黃土，湖上風光減却春。

公園

清宮歌舞當年蹟，冷落叢殘獨到今。
流水斜陽春欲暮，幾人憑弔自傷心。

唱大江東去 贈浣青

君不見大江東去耶潰湃怒捲恆河沙又不見怪鵬破雲高飛去朝發扶桑夕至方圃人生難得少年時殺賊休冷黃金斧大漠沈沈雪飛白紅旗翻舞萬里風秣馬厲兵且爲備會須隻騎擒元戎逍都統鮑參軍擊劍君莫停與君歌大江請君爲我洗耳聽詩書文章不足道但願直搗匈奴庭古來文士皆疏闊惟有英雄人中靈李廣昔時射白虎月黑風高關山阻吾儕何爲言膽怯血浪起處好用武烏騅馬青銅戈玉勒金鞍威儀多與

爾同渡黑水河

中夜對月時在上海工部局醫院患猩紅熱症甚劇

夜靜推窗望淒涼月滿庭妖光凝壁豔鬼火閃牆青是夕死於猩紅熱症者數人牆上燐光羣驚爲鬼火予雖親見之然不懼亦不信也病骨何清瘦詩魂竟杳冥狂歌聊自遣蕭瑟不堪聽

贈浣青姊

年來遍踏五洲塵慷慨如君氣味眞瀟灑未除名士習纏綿本屬女兒身奇文儘有三都豔妙語能生四座春如此才華如此達阿儂願作執鞭人

春柳

莫訝江南景色匆，丰姿搖曳大堤東。眉痕恰似初三月，芳信纔過廿四風。野岸斜拖春水碧，板橋低襯夕陽紅。是誰纖手曾攀折，繫住遊人紫玉驄。

如絲如縷苦纏緜，織得新愁舊恨牽。灞岸詩成春欲雨，渭城客去晚含煙。鶯啼枝上聲猶細，人在閨中夢未圓。最是橋頭新漲滿，朝朝長繫別離船。

詠懷

愁人苦寂寞，夜坐百憂生。落月照瓦屋，寒潮打荒城。壯

士發高歌畫角起悲聲嗟我手中劍時作不平鳴

二

科頭長松下獨自坐彈琴薰風入我懷爽氣盈衣襟高
人杳芳躅志士多苦心嗟哉成連子千古渺知音

嗚不平

白日苦炎勢良夜喜月輪照我讀書屋復照東西鄰東
隣紈袴子有錢百萬緡甲第連雲起每食羅八珍熱場
人喜熱開筵宴佳賓電光耀白晝美酒酌千巡金釵列
姬妾婉美世無倫頤指幷氣使僕隸奔走頻萬事遑所

綠天簃詩集　十二

欲金錢可通神蹂躪貧戚友爲富竟不仁西隣農家子一生遇邅迍伐木供役爨自炊已無薪種稻期飽腹租逋壓官紳舉步生荆棘萬事感悲辛破屋蔽風雨百結衣懸鶉手足皆胼胝面目滿風塵自嘆窶人子生命何不辰同此覆載中苦樂殊不均富人役貧者頤養樂終身貧人役于富衣食尚難匀不見瞿瞿屋建築皆貧人一旦安其居朘削及貧民趨承偶失旨鞭撻不敢瞋可憐畏如虎欲避又逡巡處身積威下公理無由伸富者日益富貧者日益貧我每見此事汍瀾淚沾巾嘆此階

級制何日始更新

消夏

江村長夏甜勞人山水清幽遠俗塵帶露花嬌初破蕚
臨池魚戲亂吹蘋開門款客清談好倚樹聽琴古趣眞
快讀漢書聊下酒北窗高臥正清晨
紅藕花開水國涼浮瓜沈李傍銀塘鳴蟬避日藏深葉
歸燕尋人話舊梁竹陰籠窗書畫潤嵐光撲面酒樽香
簾櫳寂靜爐香爇一榻薰風午夢長
沐罷蘭湯喜晚涼小橋流水好徜徉引風修竹藏山寺

綰水垂楊繫野航，細數松針涼却暑，高擎荷蓋靜生香。疏林雨後清如水，千樹蟬聲噪夕陽。

水榭清幽夜未央，疏簾斜捲趁風涼，霧輕瘦鶴歸山寺。露重流螢墮野塘，風送簫聲來北院，月移花影過東牆。良宵美景休閒却，刻燭吟詩興倍長。

歸故鄉後作

王孫貧餓復誰哀（予生長名門，自十五歲被逼嫁某氏後，飄零四方，貧困潦倒，艱苦備嘗，綺羅積習，掃除盡矣），飄泊江湖動見猜。命不如人身願隱，餘生劫後敢矜才。

落拓歸來百感深予曾肄業於上海英人所設立之柏美蘭高中三年級因予不肯入耶穌教英人不肯給文憑認爲該校畢業生故鄉風物淚沾襟楊花已死榆花老石上青苔細雨侵

命薄才疏萬事灰近數年來專攻英文科學國學荒廢盡矣寸心一日幾徘徊貧愁累我眞奇骨白眼相逢到處哀世態炎涼貧富階級甚深時遭富人婢僕白眼

素心自擬玉壺冰素衣淡食怡然安之任爾風霜着意凌某氏時相非難時阻予求學萬丈滄波千尺雪扁舟一葉破洪溟愈歷艱難寸心愈堅百折不回以達素志

蘆花

花開一片靜無塵自與鷗波好結鄰葉葉梢梢漫水國
蕭蕭瑟瑟動江濱幾行掩映迷紅蓼一撲迷離罨白蘋
我欲扁舟來釣雪五湖笑傲寄閒身

秋蟲吟 代某將軍妻作

碧紗窗裏人嗚咽碧紗窗外蟲聲急聽來一樣是淒清
隔箇窗兒伴到明蟲聲近瑤階月冷秋風緊蟲聲遠頹
垣荒草吳宮苑蟲兮蟲兮且弗鳴聲聲助我感飄零問
爾微蟲何所苦啾啾唧唧向人訴不爲沙場征戰人定

悲團扇長門賦化作秋來一片聲牆陰籬角獨傷神淒風苦雨愁如織却似燈前垂淚人燈前垂淚感離懷昨夜蕭郎夢裏來却怪被伊驚睡起起來無語倚妝臺妝臺夜倚憐幽獨惟有蟲吟伴寂寞聲斷續闌干角穿繡戶透簾幕入耳淒淒併入儂心幽金井梧桐一葉落天涯遊子衣猶薄促織兒莫催促

寄姊　十之一

與君小少最相親同是淒涼劫後身我自憐君君惜我舍君之外更何人

苦旱行

一輪赤日烘大地萬里長空無蒸氣火傘張空萬物枯
酷暑何止如酷吏分冰豪飲不却暑何處去覓清涼地
銀塘水涸難浮瓜雅會南皮失眞味處處河流皆見底
可憐枯魚無處瘞東宅西隣井已乾欲覓涓滴難爲計
出門一望心膽驚四野蒸騰如鼎沸村犬吐舌喘不息
鳴蟬無聲葉底避値此三伏望收成無奈嘉禾枯槁矣
龍鍾老婦垂涙道去冬水患苦無比日求饘粥且不得
繩床敝簏亦售棄女兒號寒男啼饑形容憔悴衣衫敝

如今不雨秋無收八口之家行將斃言罷仰天發長嘆
枯瘦之手頻拭淚天心如此是何意我亦爲之心膽悸
安得此身化爲龍吸江傾海施神功三尺甘霖霑且足
大蘇民困樂年豐

家書抵萬金

容易蹉跎負寸陰連宵風雨落花深天涯客感王郎淚
海角離愁屈子吟志切養親空負米情因憶友已焚琴
千戈滿地家鄉隔一紙音書値萬金
雨打梨花小院深天涯羈淚濕羅襟可憐遊子身邊服

盡過慈親手裏鍼三月音書烽火隔一春花鳥病愁侵柔腸百結千重恨散入都梁細細沈

病中寄姊

懨懨小病落花天欲寄離愁數擘箋滴碎愁腸蕉葉雨裊成心事藥爐煙手緣力倦慵拈線身怯寒多未脫綿憶自與君分別後相思徹夜不成眠

寄友

襟抱淸閑樂自如萬花深處卜幽居今朝鵲噪緣何事飛到先生一紙書

研史鎔經惜寸陰偷閒時復學微吟湘簾披拂風過樹
鳥踏柔枝露滴琴

遊慈溪山

日暖風和二月天清遊同上翠微巔閒尋古磴花如錦
倦坐新茵草似綿修竹迎風吹客鬢垂楊綰水濕吟肩
振衣更立千尋上十里平蕪一望連

除夕感懷民國十三年四首之二

田園依舊有鱸蒓久客歸來轉愴神絕意紅塵爭富貴
甘心白屋樂清貧唐衢末路憂思切王粲中年感慨深

賸有蝸廬容膝在端居聊作避秦人

百不如人萬念差此身只合老煙蘿愁因入世終難免

淚爲思親落更多草草年華憂得失茫茫身世悔蹉跎

屠蘇飲罷衷腸熱拔劍燈前仔細磨

寄姪女佩箴

與君别後最相思欲寄離愁懶寄詩記否去年殘雪夜

圍爐共話意遲遲

羨君語妙世無儔信口開河解我憂憶自與君分别後

相思一日勝三秋

普庵門前見大樹感作

大樹摩天類偉人滄桑曾見幾回春當年若中棟樑選
早已隨風化作塵

月夜納涼和姊氏韻

新置紗窗面面開滿庭花影月移來清風淅瀝鳴檐竹
涼露晶瑩點砌苔詩譜玉臺多逸興歌殘金縷品仙才
好將夜景拈毫寫莫厭銀壺漏點催

附原作　張汝軏

暑氣初收畫閣開涼風吹送入簾來一庭明月浸

書幌數點殘螢上鏡臺並立瑤階憐瘦影共吟新
句羨清才良宵美景眠休早一任丁東玉漏催

長生殿七夕

憶昔天寶鄄治隆明皇宴樂驪山宮楊家妃子稱國色
承恩寵擅椒房中新歌一曲清平調霓裳舞罷香霧濃
君王帶笑看不足六宮粉黛如塵容傳聞七夕雙星渡
烏鵲塡橋落彩虹神仙莫怨今宵短天上人間歡會同
帝子風流恩愛重背人密誓語喁喁此時惟有牛和女
一點靈犀默感通宮院深沈蓮漏寂一鈎涼月掛疏桐

銀河迢遞露珠冷細語凝心向碧空生生世世願長守
此夜今時情獨鍾雙宿雙飛鴛比翼他生佳耦卿與儂
奈何漁陽鼙鼓來驚散鴛鴦夢不終淒淒重過長生殿
南内無人血淚紅

白荷花

素羅衫子趁涼風兀立亭亭碧沼中秋水文章塵不染
凌波仙子玉爲容冰絲雪藕生來潔墜粉殘紅洗已空
堪羨孤芳似君子清標不與六郎同

過友人別墅

幽人別墅在高坡四壁天然繫薜蘿覆日桐陰搖砌石
凝煙草色襯池波林深時有鶯爭樹室靜頻聞燕語窠
更有門前供眺望重重疊疊好山多

四隣

東隣富人妾嬌艷誇時妝妝成揮扇坐笑人奔走忙
南隣農家婦兩鬢如飛蓬舂糧復汲水晝夜勤作工
西隣商人妻賭牌復吃煙兒女衣履敝街頭打銅錢（打銅錢爲江浙小兒之拋錢戲）
北隣勞工女流汗濕破衣日日勤工作夜夜不得歸（吾國

女工亦分日夜班每班十二小時

燕趙古稱多慷慨悲歌之士

震我耳者慷慨荊卿易水歌奪我目者陸離張良博浪戈英風長留天地間燕趙豪傑古何多浮屠矢表霽雲烈瀚海冰凝蘇武節錦繡山河耀日光盡是當年英雄血不堪回首淚泬瀾風雨飄搖國步難安得健兒好身手快劍斬蛟急水灘

行經山寺書所見

籬外深深修竹遮隔溪茅屋是僧家禪房習靜無人到

猿守山門鶴守花

秋日山行

霜後秋光樹樹深，青山一半是紅林。停車坐愛不知晚，無限新詩動我吟。

夏日

盛夏謝世事，閉門長日眠。隣女偶相過，閒話意纏綿。
功名與富貴，于我若浮雲。倦臥高士榻，醒讀北山文。
世事不可問，積忿空填膺。欲治心中熱，痛飲十斛冰。
蟬噪綠樹晚，好風吹我裾。閒與幼童戲，溪上坐釣魚。

二女并序

梭傍有富商妻夫亡家落徐娘半老猶操神女生涯大婦遺二女妾代嫁之長女適寒儒貧而賢幼爲軍人妾工狐媚會妾生辰二女咸來祝壽妾利樂薰心骨肉之情全忘諂奉幼女凌辱長女長女憤過予梭零涕道其詳予哀之爲作俚詩以紀其事

東隣有二女婉淑深閨藏人道顏色好爭來求鳳凰長爲貧士妻井臼親操忙饑寒號兒女縫裳復舂糧夜夜

織燈火日日提蠶筐十日嘗九食典衣質箱囊幼爲軍人妾兩耳瑩明璫徧體被紈綺連闤及洞房日食饜百珍美酒盈壺觴呼奴復使婢趾高氣自揚一旦母慶壽二女來故鄉幼者富車馬長者破衣裳阿姊見阿妹寒喧話家常阿妹見阿姊迴身若不遑厭姊寒酸氣敗我富家光阿姊見此狀慚愧復淒惶低頭無一語舉目窺阿娘阿娘見幼女大笑類顛狂問兒眠食好曾否弄瓦璋幸汝餽錢帛老身賴健康回首見長女問爾來何方汝命終貧賤不見汝梳妝汝妹嘗念我時時餽鯉魴汝

家雖不富阿母不應忘汝夫貧且老不如早喪亡汝貌幸不惡尚可嫁富郎長女聞此說泣下淚雙行貧賤世所棄骨肉變參商女子昔有行阿母爾主張辛苦勤婦職我行何不良阿妹年尚幼叔寶無肝腸掩袖工狐媚行同長安娼誤人復誤己思之我心傷我若貶貞節豪富亦可將惜我多傲骨白絲難染蒼甯爲貧士妻歲歲苦淒涼不願爲人妾珠玉鳴鏗鏘我衣雖質樸我名自芬芳我家雖貧賤尚餘古書香妹家雖豪富妹壻實荒傖敲剝民脂膏擁兵以爲强專征勇私鬭同胞自相戕

大難臨家國巨禍起蕭牆願毋平意氣未來日正長

秋日

枕簟清涼八月天睡餘茶鼎尙浮煙好風過處簾波動山桂芬芳到榻前

和姊氏却寄元韻

不堪舊事憶從頭癡讀君詩坐小樓奔走塵寰何日息淨洗孽海幾時休家庭黑暗生何樂身世凄涼死亦愁女子豈無自由福依人終覺恨悠悠

避塵甘住小山村細雨黃梅獨掩門五夜孤燈愁病骨

一杯殘酒冷詩魂晚風北郭斜陽淡曉霧西窗白日昏
草木無知難共語別來有恨共誰論

附原作　張汝軏

無端小別浦江頭薄病困人臥小樓奔走憐君何
日息辛勞如我幾時休金經難懺三生孽詩筆空
留一段愁離合悲歡渾不定藥爐煙裏思悠悠

幽居安得有江村謝絕塵囂獨掩門暑氣薰蒸侵
病骨風光黯澹逼吟魂挑燈午夜詩難就把酒西
窗月易昏何日與君重相晤蘭閨靜處縱情論

避暑山塘

十里荷香雨乍晴小溪深處放舟行移時明月林間上
山影波光分外清
掛起湘簾夕照明山山如畫雨初晴溪流急處風過樹
好聽松聲與水聲

憶梅夫人

惜昔傷心落魄時路人訕笑親朋嗤百結柔腸千點淚
此心只有君能知憐我青年欲自殺微言大義醒我癡
見我蹉跎甘自棄成名立業嘗相期怕我淒涼無好友

看山問水同予嬉，謂我微才堪大用，逢人到處說項斯。末路貧愁逢知己，指迷正誤眞吾師。自君去歲回國後，胸中有恨訴向誰。花開花落情難遣，春去夏來白日馳。況復吾邦剛鼎沸，大廈將傾難支持。拚擲頭顱願爲國，傍徨日夕哭路歧。安得盼君萬里鼓浪來，解我悲憤慰我長相思。

臘月底自滬江大學歸輪船中獨坐無聊百感蝟集乃賦二律以遣悶

紅塵小謫總前因，到處飄蓬悵此身。愛讀詩書荒歲月

浪遊水竹老風塵莊襟老帶難諧俗孔枕顔瓢慣食貧
幸有鶺鴒同惜別驪歌唱處淚沾襟姊送予江濱依依而別
蒓香菰熟久尋求着意思歸竟自由白水掛帆千里遠
青山落帽十年遊天涯別恨王郎感末路窮愁阮子憂
潦倒餘生今似昔冷風殘雪送行舟

輓黃涵之夫人八首之二、

憶自初成益智會賴君獨力好扶持寧波初辦婦女益智會夫人極力提倡之
他年若集同人候應念春風在座時
恤孤院內沐君恩得免饑寒樂撫存今日臨風驚惡耗

羣兒也解拭啼痕

梅雨連朝書窗悶坐與洪峻姊共話身世率成八絕時在上海南方大學

枉讀詩書號五車申江落拓我無家無端又復輕言別腸斷天涯荊樹花胞姊新去北京

枵腹從公愧昔賢校中廚役在途遇險此晨女生皆枵腹上課綿綿細雨落花天魚龍雜處風波惡同學品行不齊傲骨三根鍊益堅

無緣得泛海天舟婦女節制會堅請予放洋祇爲高堂阻遠遊慈母堅不許空負乘風宗慤志茫茫身世更何求

萍跡天涯有幾人相逢何必問前因憐卿愁病風塵裏
話到同心意更眞

壯志柔情一例休如煙歲月付東流何年覓得清溪曲
紅樹青山好放舟

雨雨風風共一廬·幽關談道悟華胥（洪坡姊茹素參禪理）商量白
水買舟去身似輕鷗樂自如

古佛青燈老此生木魚聲裏寄閒情任他滿地風波惡
一縷爐香夢太清

客中寄姊

去年春光好君走長安道今日春光明我來闤闠城姊自燕京回甬之夜予適由甬至申兩不相遇年年相思歲歲別舉頭欲問青天月人影久分花影疏琴聲欲斷歌聲咽我昔與君垂髫時風前擊鼓賞花枝香迷芍藥煙迷柳君唱新歌我唱詩閨閣當年樂事足風流自喜遠塵俗誰鑄平生大錯成只因誤中鴆媒毒半生從此感滄桑無復同飛花下觴劫後空悲歧路泣鴻飛有志總難償況復神州烽火烈同胞痛飲刀頭血內訌未除外侮乘瓜分禍在燃眉睫窮兵黷武逞威風恃強吞弱圖霸功草菅人命安足

恤擁兵十萬虎踞雄國民會議空騰沸軍閥專横競意
氣是非黑白全混淆空對蒼溟長欷歔教育金錢被動
移充當兵費無還期失學青年歸何處徬徨道途不勝
悲運動女權空逐鹿賢人捐軀愚人哭開會言論難自
由操戈同室自魚肉吁嗟乎國事如斯可奈何回天恨
乏魯陽戈不如與君避地去遯跡漁樵老澗阿

採蓮曲

魚戲蓮葉東綠波起微風越女划輕舠亭亭雲錦中玉
貌蓮花映嬌憨一樣同

魚戲蓮葉南鴛鴦夢正酣郎情絲樣膩妾貌對花慙莫道蓮心苦妾自口中含
魚戲蓮葉西花開香霧迷採得並頭蓮不覺首頻低待郎何日歸俚曲唱雙栖
魚戲蓮葉北花光照顏色牽荇濕羅衣翠蓋亂傾側鄰舟人笑語儂獨情默默

中秋夕作

玉露金風已報秋滿庭香霧桂花稠今宵好景尤須記微雨初晴月一樓

西湖逢故人

不嫌風雨往來勤詩酒情深到十分正憶昔年吟社侶
西湖樓外又逢君

國步難 仿蜀道難

噫嘻吁危乎殆哉國步之難難于上青天女媧及盤古
開國何渺然近來五萬八千載迺與歐美通人煙東臨
蒙疆有鐵道可以洞達萬山巔雷轟電擊大地震然後
縱橫軌道相牽連北有長城萬里之雄關南有揚子流
域之大川南北統一既不可望裁兵廢督更無緣軍閥

不厭亂戰死兵民如山巒勢窮力弱國帑空司農仰屋坐長嘆問君國債何時還債臺高築不可攀但見外人入臥榻眈眈虎視立其間又聞黨禍烈血染舊河山國步之難難于上靑天使人對此苦愁顏瓜分之禍近咫尺怒馬溜韁臨絕壁要求條件爭喧豗列强聲勢如震雷其危也若此嗟我同胞之民胡爲乎忘哉大廈之勢雖崔巍强鄰逼處門戶洞開外交一失策都化狼與豺兕如猛虎毒似長蛇張牙舞爪嚼人如麻强鄰若不去何以安吾家國步之難難于上靑天令人痛哭長咨嗟

和野芸學兄感懷元原

腥風血雨夢魂驚百道長虹劍氣橫毒霧漫空天欲暗
英名蓋世死猶榮捐軀忍令屍無跡失業何堪哭有聲
我已十年歎遲誤未能投筆請長纓
獨坐寒窗伴短檠愁多欲哭已無聲殺身難了三生恨
仗劍空虛萬里行坐誤因循悲失策恨來憤激哭和平
臥薪嘗膽吾儕事熟讀陰符好用兵

隱居

卜築清溪白石灣柴門臨水又依山此中過客無凡俗

惟有詩人日往還

去客重來

昨約詩人去復還滿庭風月共消閒夜深剝啄聲驚夢
知是重來客叩關

再上雷峰

重到西湖泛短篷六橋春色舊時同天然晚景雷峰好
數點青山夕照中

題劉太尉聞雞起舞圖

出君胸中光明磊落之青史圖成當年英姿颯爽之烈

士塵容俗狀掃都盡英雄面目本如此睡起三更月華落手攜寶劍挑紅燭劍光萬道走銀蛇誓爲中原掃狼毒但聽鳴雞一片聲徬徨中夜夢魂驚雄心耿耿拂衣舞肯着先鞭讓祖生我愛此圖古香馥裝成斑爛小横幅影耶魂耶且莫問對圖使我欲歌哭我亦瀟瀟風雨聽雞鳴讀書擊劍至今兩不成綵筆未搖山嶽動意氣難吞北海鯨又曾黑夜臨深谷刺虎未成被虎逐愧無妙術起風雷霹靂一聲能使毒龍妖蟒一時皆懾伏可恨世路多艱難崎嶇高山不敢攀手無斧柯徒奈何傷

懷感時空長嘆今得此圖如元氣激吾熱血復騰沸豺狼虎豹雖塞道獵人善獵復何畏君不見漢高起身小吏中手提三尺稱英雄又不見孔明南陽一貧士征服蠻夷立奇功願子奮興休短英雄氣有志竟成今古將毋同

野行

春日遊行好垂楊夾岸斜野塘鳴活水老樹長新芽白板新茶店青帘舊酒家村翁關歲事叉手話桑麻

春曉一首

忽聽流鶯樹上啼東窗曉色尚凄迷搴帷似覺今朝冷
祇爲南風稍帶西

菊

秋山深谷裏有菊抱孤芳不鬭三春色能凌九月霜清
標堪拔俗幽豔自生香性不趨炎熱人誰有此腸

前題　張汝軏

老圃花爭發芳名隱逸傳宜邀高士賞不受俗人
憐品格清宜畫姿容淡欲仙亭亭霜下立開滿竹
籬邊

閨怨八首

春風詩社第二期擬作

漏盡燈殘月已低，衾寒無夢到遼西。曉來欲寄相思淚，
空有流鶯枝上啼。

惜花無緒負花開，紅豆相思怕敢栽。簾捲不知春已暮，
一雙蝴蝶恰飛來。

茉莉花園枕簟香，困人天氣日初長。更無心緒調琴坐，
愁聽蟬聲曳夕陽。

不覺羅衣怯露涼，秋風紈扉斷人腸。夜來倚柱方惆悵，
一片簫聲又過牆。

江頭日日盼歸船盼到吳江楓落天不見郎歸見秋老
梧桐篩月幾回圓
寒衣欲剪又遲遲想見臨風玉立時別後腰支應瘦減
近來尺寸竟難知
又過寒窗欲雪天曾無消息到燈前可知萬里關山路
夜夜深閨夢枕邊
薰籠斜倚又黃昏一幅鮫綃餘淚痕妾自多情郎薄倖
年年銷盡別離魂

去夏與數友游普陀山之法華洞愛其景攝一影

歸爲友人奪去并乞予題

久聞南海普陀好青空福地今日到石磴天梯飛鳥道
羊腸仄徑通窔奥蒼苔遍印獸足跡落葉滿地無人掃
老柏參天巢白鶴細藤繞樹鈎客帽露珠翠凝靈芝草
風聲疑是嘷虎豹旁有小洞深且黑疏蘿爲帶門白石
俯首一探驚魂魄懸崖直垂數千尺上有日光微露紅
下有怒濤急飛白棲鶻啼猿尙躊躇青蛇白蝠長出沒
昔者文衣已夢來（石上有文衣夢來四大字甚古雅）我今亦至神仙窟
先予來者既無踪後予來者不相逢撫今思昔倚孤松

隔林飛出一聲鐘敲破紅塵千萬重心淸妙香聞天空
偕行朋儕非凡庸當頭棒喝豁心胸悟來靈犀證宿夢
參破奇禪絕壑中今持此圖先贈公何時把臂入林同

哭姑母 步姊氏原韻

予姑母丰神玉立識字明大義瀟灑有林下風適
方氏生九子而沒年三十有四合家皆哀悼之時
予年尚幼不甚詳其事但聞其潦倒風塵飽嘗世
味亦一傷心人也

前身莫是謫蓬萊歷盡艱辛受盡災第一難拋兒女痛

麻衣如雪哭聲哀
瀟灑丰神絕世姿風流蘊藉耐人思如何天不憐孤苦
多病多愁只自知（姑母幼喪父長失母無兄弟姊妹之親）
命裏偏多磨蝎宮淒涼身世有誰同繁華轉眼成陳跡
（姑母家初甚富有後中落）愁對秋燈泣暮風
中年哀樂病愁侵嘗盡炎涼世味深我亦似君同潦倒
西風殘月發悲吟

附原作

華年底事返蓬萊賢者痛遭二豎災如此襟懷偏

薄命鵑啼夜月有餘哀
慈愛爲懷冰雪姿音容空繫後人思傷心一掬知
音淚灑向西風知未知
前身想是謫仙宮瀟灑丰神迥不同惆悵西窗剪
燭夜論談自有大家風
滄桑歷劫苦相侵憂患知君涕淚深一別人天千
古恨薤歌聲咽不堪吟

留別張夫人于普天春餐館

如蘭氣味感人深何幸天涯訂賞音瀟灑羨君眞磊落

疏狂愧我太浮沉綠楊有約同舒眼白水論交只誓心
無奈乍逢今又別陽關唱徹淚沾襟
此行無計挽歸舟聽到驪歌淚欲流芳草萋萋添客恨
落花片片使人愁黃魚紫蟹歡今宴紅樹青山憶舊遊
一語請君須記取莫忘雙鯉寄江頭

夏日即景 滬江大學

潦倒生涯類斷蓬飄來偶住大江東幾重帆影微風裏
一片蟬聲落照中細草嫩含朝露白疏林斜帶晚霞紅
夜來好景尤須記新月如眉畫碧空

江畔清涼暑氣微閒來無事淡忘機偶隨舞蝶穿花徑
戲數昏鴉傍竹扉野渡無人爭日落孤舟載月趁潮歸
誰家短笛聲三弄吹起離情逐水飛

夏晚 時在西湖避暑

閒向池塘納晚涼開軒時覺藕花香日斜風定蟬吟罷
又聽漁歌送夕陽

貧富人

一

富人最喜熱車馬喧門庭貧家無過客蛛網滿窗櫺

二

富家一席酒貧人半年糧遺產誇世襲笙歌達門牆

三

富人坐車上意氣何洋洋貧人奔車下輪折獨遭殃

四

富人袖手坐日食饜膏粱貧人勤工作終歲無餘糧

題探梅圖

誰似君高雅幽栖歲屢經梅花千點白山色一痕青獨鶴三更夢寒香舊日亭逋仙好借隱相對慰飄零

訪秋墓遺址（在浙江西湖悲秋閣傍）

昔日慕君名今來訪君墓秋風秋雨湖山昏我固知君死猶怒嗚呼有志如君不能伸繼君起者更何人國魂似縷斷難續此是存亡危急春憶昔滿清竊吾國胡人逼迫我民族揚州十日雞犬盡嘉定三屠萬民哭偷生忍辱作降奴稱臣稱僕廉耻無史公敗後明社屋大好神州化爲胡從此中原三百年一王專制獨操權誰拚一顆頭顱擲欲救漢民倡義先鑑湖秀氣鍾吾子仗劍大呼不畏死革命警鐘起四方呼起青年敢死士可憐

未展胸中奇，已賦英雄畢命詩。千秋恨化萇宏血，國禍家難從此辭。更有與君同時諸俊傑，先後激昂盡死節。而今國事愈鼎沸，救世匡時人才缺。吁嗟乎！當時有君不能容，只今日日仰高風。感我身世長落拓，半生遭遇與君同。何日沙場了夙願，與子攜手高唱大江東。

暮春

廉纖密雨亂如絲，正是春光欲老時。小苑殘花無客賞，後開尚賸兩三枝。

訪故人居

故人情最重邀我至田家茅屋清溪遶柴門修竹遮書
燈三徑月詩料四時花領略山居樂清閒度歲華

山居

卜築清溪上閒居物外身澗花紅作暈潭樹綠添新近
水鷗爲侶穿雲鶴與鄰可人門外草隨意自生春

李太白春夜宴桃李園

桃花含笑柳帶顰紅醉綠酣春園春春宵一刻千金值
貂裘換酒樂叙倫刻燭吟詩寄雅懷別無絲竹管絃聲
筵開玳瑁花園座杯捧琉璃邀月明楊柳枝柔傍水鄉

芭蕉葉大露凝香薄霧迷離籠芍藥銀燈高照睡海棠
竹影清搖人共瘦銅壺漏永夜未央良宵美景看不足
月移花影上東牆座中昆季皆俊秀幽賞未已談轉清
滑稽枚皋東方朔郢書燕說妙品評鐵騎銀矛壯士志
鬢雲衣香美人情話到慷慨軍國事願提寶刀斬飛鯨
况復羣季才翩翩風流可擬謝惠連酒酣意氣動五嶽
生花筆下走雲煙對此寧許無佳作辜負鶯花三月天
乾坤巨子騷壇伯美酒一斗詩百篇樂哉先生本謫仙
豪飲久住壺中天今宵高會世所稀伯氏吹壎仲氏篪

嗟我兄弟不如公奔走四方各西東安得賞花飲酒開盛筵歸來歡笑抵足眠

燕來

春深晝靜掩重扉寶鴨香浮一縷微燕子欲歸相待久雙雙低傍繡簾飛

病中寄姊 時住上海工部局醫院

大好韶光四月天鶯花徧地鬬芳妍多愁我已成多病小恨君眞成小仙慟哭鄉關非一日長吟羇旅竟三年雲山極目家何在顧影伶仃只自憐

瘦骨支離已自傷那堪淹臥病郎當柳枝牽恨春將老
花氣薰人日倍長燕燕語空樑尋舊壘鶯啼老樹怨他鄉
旅人對此寧無感滿地殘紅又夕陽

感懷 以溪西雞齊啼爲韻

尋得松彎與水溪閉門長日臥樓西看來世事皆芻狗
論到工夫似木鷄愁思甯同屈子列才名敢與左芬齊
簾櫳寂寂薰風靜綠滿中庭一鳥啼

和野芸學兄元韻

愧我無才擬謝家蕪辭豈敢望籠紗雕蟲小技成何用

愁煞江南姊妹花原詩有遙拜慈溪姊妹花之句

敢將弱手挽狂瀾風雨飄搖國步難永夜聞鷄空起舞

愧無奇策繼羅蘭來詩有東方也應有羅蘭之句

普陀山紀遊

四明峨峨八千丈走入南海連扶桑青天一聲飛霹靂

截斷名山水中央中央仙島天工造四面清波相圍抱

上連碧落雲茫茫下瞰桑田風浩浩峭壁危崖百丈高

猿猱欲渡發悲號窈冥無乃鬼斧鑿依稀若用神靈刀

或如睡獅忽昂首或若狂奔喪家狗或如壯士臨沙場

劍氣橫空衝牛斗或如幽徑羲之過兩袖清風籠白鵝
或若美人對燈坐燭花剪除救飛蛾石上何所有蒼松
翠柏雲煙厚林中何所有古寺寶刹映垂柳匝地靈芝
細草香漫天飛絮藤蘿長胡麻滿地供客飯千樹貝葉
多瓊漿觀音聞此山形好騎象西方來遠道我佛慈悲
願普渡郎以普陀名此島（普渡與普陀爲諧聲）邇來八百有三年
開闢人閒清淨天兀立東南擅名勝瀛壺員嶠稱比肩
我方索居無所事窗前聊學蝌蚪字忽見良朋排闥來
邀我踏浪同遊戲雙輪掣電去若飛片刻將身入翠微

此時天空碧如洗一輪浩月衆星稀千步沙灘異塵境
清夜漫漫波光淨奮身躍入銀濤中雪浪萬點共馳騁
浴罷天風吹征衫涼沁心肺超俗凡沂水春風無此樂
許由解此老山巖（普陀有千步沙灘環島約數里許沙明水淨爲沐浴勝地）吾儕遊
興最奇異細尋竹徑叩山寺老僧欵客殊殷勤香積廚
中多甘旨（宿洪筏山房）山齋睡醒涼月低驚起破曉一聲鷄
披衣急着謝公屐狂奔復上南山西（普陀山一名南山）雲中半
壁見海日瑪瑙紅透珊瑚實莊嚴燦爛氣象雄記事恨
無如椽筆（南海觀日出）翹首欣觀百尺松盤空夭矯類遊龍

松下童子邀客入入門山翠壓眉峯古佛虛堂映紫竹階前奪果走麋鹿爐煙一縷萬機息疏鐘清磬脫塵俗普庵門前有老松大可十圍北山尙被白雲封興來不肯閒遊筇拂柳穿花尋曲徑泉聲四面響淙淙草深石滑愁難步芒鞋濕透清晨露窺人山鳥聲啾啾青猿驚客避入樹上佛頂山大殿高聳象崔巍四方十圍映古槐高宗南巡曾到此御筆題詩滿佛臺黃衣老婦來求福念佛叩頭苔階伏施錢施物方紛紛馨香一燒盈百斛遠方老婦來進香者多著黃衣燒香常盈百斛喧傳山西有古峒峒底可與海水通吾儕遊興

復豪發飛步狂奔亂山中舉頭果見境無敵急浪飛揚峒口激噌吰鞺鞳發大聲恍如沙場聞鐵笛山童勸我用石投頓時應聲起四陬深谷危崖響霹靂疑如絶壑嘷蛟虬（遊潮音洞）倦來揮扇坐仄岸仰首見日光爛漫低頭窺海浪方回粒粒正作紺珠散老僧荷笠飄然來對我點頭立徘徊爲言我生有夙慧正心皈依莫疑猜我心久已厭塵俗飲水茹齋萬願足他日我身了凡俗聽師說法此巖曲（遇高僧戒時）僧言遊客汝應饑導入深林開荆扉案頭古書縱横列皆爲至寶人間稀飲我醐醍洗俗

腸山果堆盤煙霞氣嗟予在世二十年今日始嘗物外味入戒時師茅廬少憇僧言屋角有清池稱爲浙東第一奇緑波親汲活火烹飲之可以忘渴飢更有山下仙人井澄清可鑑遊人影我聞此語眉色飛脫身急步至仙境尋得一洞盡白雲洞底流泉溢清芬屈身掬水涼生袖飛沫濕透青羅裙訪仙人井忽聞一聲上方鐘俗塵無復縈心胸筍輿徐徐歸山寺香聞十里銀芙蓉黃昏雖倦不敢臥磨墨染翰對燈坐興來詳記二日遊筆底江花開箇箇

滬江大學即景四首

綠楊深處好樓臺臨水紗窗面面開閒裏渾忘身是客
坐看帆影剪江來
拋書小倦倚胡床人靜堂虛燕子忙夢醒不知時已晚
蟬聲一片送斜陽
陰陰綠樹好江村細雨斜風欲斷魂一曲清歌何處起
浮雲暗淡近黃昏
一身落拓惟賒酒萬慮虛無莫賦詩只有禪心能領處
空江夜靜月明時

海上望明月感懷

南海仙山山多穴急浪捲起千堆雪怪底山頭忽變容
但見海波湧明月初疑墮地大火輪躍入冰床洗俗塵
須臾萬道劍光起驚起青禽泣素鱗秦皇欲渡愁無路
齊景對斯必暫住瀛洲蓬島在眼前員嶠方壺何足慕
青天碧海奔嫦娥乘槎我欲到銀河水晶宮殿今何在
騰有蛟龍舞婆娑憶自空江沈李白千秋無復騎鯨客
從此江山付俗人山頭閑煞數片石片石石山頭我來遊
胸中早懷千載憂黃石赤松何日遇尋仙求佛去勾留
愁來欲借巨靈手海水萬頃製爲酒泰山爲几石爲床

臥白雲兮斟北斗我生此世復何求他生未卜此生休
沐清風兮餐明月乾坤與我兩悠悠

題憒夫先生畫墨梅花

不着臙脂淺淡痕一枝瘦影伴黃昏珮環月下歸來靜
疑是亭亭倩女魂
絳雲白鶴結芳隣玉骨冰肌不染塵試問孤山三百樹
未知今日屬何人
憐君生性喜煙霞紙帳銅瓶鶴夢賒開落空山隨處好
不同攀折上陽花

淡墨輕描絕世容先生高節與花同笑他俗世丹青手
買盡臙脂畫未工

鐵石心腸絕世姿廣平心事有誰知春來獨占羣芳早
誰道寒香不入時

感懷

玉碎明珠暗釁後泣焦琴貧賤世所棄豪富時相侵我
惟知禮義人只重黃金悠悠斯世上何處覓知音

二

世亂文章賤詞賦不値錢道德幾絕滅多財即稱賢我

生多傲骨不肯乞人憐孤燈弔形影積忿滿腔塡

三

我生不解事但知行吾眞脅肩難諂笑自甘范叔貧茅簷無俗客陋巷少貴人戰鼓喧四野兕作亂世民

四

憶自賦索居積忿久難舒救國無長策自嘆百不如終日昏似醉無心采芙蕖愁來何處訴時還讀我書

慰悼亡 步原韻

傷心潘岳古今同聊藉新詩寫寸衷我亦爲君悲月缺

不堪揮淚向西風

珍重昂藏七尺身
相期有用莫傷神
國危世亂需才急
好了他人未了因

細讀君詩知斷腸
可憐往事未能詳
關山萬里空悲咽
難進中軍續命湯

自傷身世類雲煙
家國安危兩不全
又得元稹悼亡句
一回展讀一淒然

開緘不覺淚潸潸
無怪先生血淚斑
寄語英雄休氣短
殉情爭似殉江山

哀同學五卅後數日作仿杜甫哀王孫篇

一聲警鐘白日昏駿馬驕兵壓校門指揮長刀爛如銀
學生被逐類鷄豚槍擊鞭撾痛入骨手無寸鐵難報寃
白袷青衫帆布履抱頭痛哭血淚吞問之不肯道其詳
但道國威當自尊游行演講減膳食力竭聲嘶餘淚痕
學生自是吾邦秀屈辱暫時且莫論豺狼當道身當衝
學生但欲除禍根不顧犧牲爭租界可憐學生心憂煩
昨夜機聲工廠停今朝萬衆來鄉村商工爲爾作後盾
罷市罷工振國魂傳聞萬國勞工會急電東來近黄昏

工人從此長聯合資本主義期推翻哀哉學生毋自傷
强權豈有公理存

春日雨後晚眺

雨後推窗望春光萬里晴綠波添水國芳樹滿山城隔
浦殘雲擁前村夕照明歸來天已晚新月一鈎横

春日泛舟

春日遊行好循溪泛短篷平堤芳草接流水小橋通柳
織千絲翠桃開兩岸紅回看來路景已被碧雲籠

得羅文甫先生詩即和元韻以告近況時在南方大學

襟抱淸閒樂自如萬花深處卜幽居今朝鵲噪緣何事
飛到先生一紙書

研史鎔經惜寸陰偷閒時復學微吟湘簾披拂風過樹
鳥踏柔枝露滴琴

五月卅日

五月卅日事悲痛摧肝腸舉世無公理權勢逞列强殺
人如刈草慘酷昧天良西人數百輩赳赳盡武裝大炮
與長刀横攔道路旁流彈飛四出行人俱駭惶洞胸復
穿背志士槍下亡欲滅行兇跡投屍水中央學生無男

女盡驅入捕房羅織成冤獄長嘆只自傷胡兒驕且傲深恨學生狂不事先警告領兵封學堂宿舍盡佔據搜錢裂衣箱教員被驅逐講堂作武場哀我學生團呼號徧城廂蠻夷重迫逼欲避苦無方可嘆吾國內兄弟仍閱牆江浙戰方罷二廣復遭殃水患兼風災有時肆狂猖貧者無斗米富者饜膏粱資本貴投機競作鴉片商不顧戕同胞但圖飽私囊媚外甘賣國爲虎願作倀經濟難獨立國威盡墮喪歐兵一登岸無人敢抵抗壯哉學生子奮把螳臂當徒手無寸鐵將身試鋒鋩死傷雖

枕藉愈折志愈剛竭力助勞慟捐錢質衣裳演講醒同胞狂呼氣激昂任勞復任飢辛苦亦備嘗此身拚一死增我家國光

和浣青元韻

年來我亦感萍踪潦倒風塵與子同怪底愚蒙多厚福欲將寃抑訴蒼穹

人生處世等蜉蝣孽海茫茫苦久留嘗盡淒涼酸苦味命窮一死亦難求

放言

年來經事多深知酸鹹味富人誇權勢達官競意氣鑽營時所尚柔輭世所貴道傍餓死者大半太剛毅

二

富貴不可恃敗亡如轉電不見瓦礫場皆爲華屋變有錢傖父貴失勢志士賤今日嶙峋骨昔年團圞面

三

韓信未遇時尙受胯下辱李陵欲報漢妻子已下獄成敗論英雄人心抑何酷何日謝事去結茅深山曲

四

萬事皆天意人工難爲力愚蒙多厚福聰明受壓逼鄙
夫爲高官志士困小職騏驥竟伏櫪悲鳴長嘆息

中秋前作

過雨園亭暑氣收滿天涼意近中秋桂花含蕊將舒萼
明月香風共一樓

待月

捲起湘簾暮雨晴碧天如水夜雲輕深閨寂寞渾無事
閒倚欄杆待月明

感懷 溪西雞齊啼爲韻

未能歸隱到清溪，依舊塵勞北復西。三徑黃花千里夢，一庭明月五更鷄。著書詎敢擬曹史，亮節終教愧叔齊。身世不堪迴憶處，夕陽疏柳聽鶯啼。

春遊

行樂値佳辰，風光處處新。山花紅似錦，堤草綠成茵。鶯囀垂楊碧，魚遊湍水銀。有人來放鴨，應識鳳池春。

端午感懷　乙丑

既不能斷頭瀝血死沙場，千秋萬歲姓名揚；又不能長風萬里破驚浪，黃龍直擣凱歌唱。讀書誤我眞非淺，縛鷄無力願難償回憶申江同學中幾人殉國貌從容志士成仁血化碧骷髏夜夜嘯悲風激昂慷慨眞英傑嘆我無緣同流血雖生猶死暗自傷痛哭悲歌肝膽裂況值良晨弔屈原古今生死同含寃美酒傾來都化淚清歌欲聽先憂煩滿座親朋皆婉淑詼諧談笑忘塵俗獨我愁腸結萬千無言默坐雙眉蹙君不見埃及波蘭亡國時人民如夢復如癡只圖眼前暫偷活他年憂患茫無知又不見印度安南亡國後作人奴隸供奔走犬羊牛馬誰復憐國魂已死終難救幸喜中華今猶存正當

人人努力挽乾坤願吾同胞快作應時崛起之拿坡崙
毋爲已亡圖存之安重根

雨晴

青山過急雨飛瀑挾雲行著屐尋幽去斜陽放晚晴

姑週年詩以哭之和姊氏原韻四首之三

觸景傷懷恨不窮落紅如雨泣秋風至今月滿瑤臺夜
料與人間景不同

驂鸞歸去苦難留冷雨凄風咽暮流賴有丹青留倩影
一回展視一回愁

溯從不見藐姑身知在蓬萊已一春莫怨多才偏命薄
前生合是侍書人

附原作四首之三　張汝軏

井臼親操心力窮半生勞績付東風閨中不少傷
心淚如此淒涼若箇同
夢醒瑤臺去莫留綺羅春散水空流淒涼舊日妝
樓畔夜月平添一段愁
明哲由來善保身此生榮辱總前因懸厓勒馬飄
然去也算兼修福慧人

春日雨後晚眺

乍霽廉纖雨開簾夕照明蒼煙迷野渡綠樹遶山城樵已負薪返農還叱犢耕長吟延立久憑眺足怡情

和鄒瘦鶴師寄顧蘭臺兼示程堯臣原韻

才華如此不妨貧蘇海韓潮信有神細嚼梅花餵白鶴湖山添箇舊詩人

曾向春申負笈遊（在一九百十八年）程門立雪小勾留（先生方主講啟明女校予入此校方二星期因祖母病遂輟學回甬）微言妙解風人旨頑石無靈也點頭

國粹淪亡最可憐中流砥柱仗高年先生若許傳衣鉢
願典金釵作酒錢

怕聽神州鐵馬嘶首陽有願訪夷齊藕花香裏放煙艇
來泊梁溪樹影西

暑假時擬訪先生

送春和鄒民樂先生元韻

國事蜩螗暗自傷一春辜負好壺觴羣芳底事空開謝
不作人間時世妝

莫挽東皇駐好春流鶯已老草如茵蛛蜘却有留春計
網得殘紅片片新

雜吟八首

重男輕女事吾國最慘酷生男宴親朋高堂耀紅燭生女父母悲視若致命毒禁女莫胡行布帛束兩足戒女勿邪聽兩耳針穿肉羹湯命手調縫紉相責督男兒任橫行萬事遂所欲欺凌姊妹弱爭果復奪餻女子不敢抗事事受委曲男兒命讀書宗祧繼嗣續女子早遣嫁懼貽父母辱既嫁如外人歸甯時局促更有鄉愚輩無知復心惡生女出母胎溺斃盆中浴可憐骨肉閒乃有此寃獄列强環相視笑我野蠻俗

二

治國先治家，格言滿青史。文王得后妃，宮闈百事理。孟子有賢母，督學爲良士。古者重婦德，今人喜婦美。不見豪富家，侍妾盡娼妓。兩鬢壓嬌花，半臂籠紈綺。掩袖工狐媚，妙舌如刀匕。兄弟被離間，蕭牆戰禍起。兒女失父愛，棄捐如敝屣。房闈競意氣，蹂躪妹與姊。恃嬌復矜寵，藐視諸妯娌。私逃和淫奔，靦然不知恥。商紂縱荒淫，亡國爲褒姒。吳王傾社稷，蘇臺寵西子。須知姬妾美，終久不可恃。鑒彼前車覆，達人應醒矣。

三

中夜不能寐忽聞隣婦哭披衣卽趨問婦言我薄福憶自我初來良人燦衣服佳賓滿高座酒食相徵逐不期大禍臨鴉片來西陸良人喜染指終日燈前伏家事皆放棄拔扈任婢僕金錢百萬盡賣田兼鬻屋室中何所有煙霧香馥郁廚中何所有破釜餘薄粥今日府吏來捉去關三木黃昏餘一身空房怕獨宿我聞此婦言清淚落盈掬嗚呼我同胞利害何不卜外人餽毒藥先滅我民族長此不悔悟吾國亡也速

四

古人不得志，常以酒爲戲。劉伶作酒頌，相如設酒肆。知章水底眠，孔顗經月睡。此輩皆英雄，恨無用武地。借酒爲刀劍，聊寄沙場志。胸苟無塊壘，休學名士醉。毀家兼喪身，終爲盛德累。灌夫罵魏齊，終身竟遭忌。李白捉水月，空江醉中墜。況今科學明，酒毒早宣示。不獨身受害，遺禍及後嗣。其毒能蔓延，可以滅種類。吾國環列强，自應興武備。豈容復沉湎，醉生如夢死。甘酒能亡國，古訓有深旨。寄語我同胞，慎勿更貪嗜。

五

街頭有幼童，乞食臨大道。我見頗相憐，給膳復貽棗。感我一飯恩，爲我傾懷抱。自言兄爲農，去年新喪嫂。日日勤工作，朝朝荷鋤早。雖無珍羞薦，飢寒幸能保。骨肉皆怡怡，團聚無煩惱。昨夜風雨緊，有賊來近堡。自云某營兵，生涯甚潦倒。三月無軍餉，造府借珍寶。兄言今年寒，未收前村稻。跪求將軍憐，叩頭如春擣。驕兵聞言怒，一彈中兄腦。縱火焚茅屋，白煙起皓皓。嗟我身無依，零落同秋草。

六

庸人何所嗜閒來惟好賭初爲遊戲具聊與親朋聚積久成癡癖心中茫無主百萬一瞬盡揮金類沙土身寒懶添衣腹餒忘市脯良朋漸絕交日與屠狗伍勝則意氣豪醉酒婆娑舞負則頹然喪懊惱心自苦清夜思悔改朝來復如故督責恨家長偵探畏官府家聲甘墮落索逋來外侮驅逐惱父母破產羞宗祖更有亡命者盜竊冀彌補一旦被拘獲公庭去對簿鐵索繫郎當任人施刀斧莫言樗蒱戲殺身猛于虎

七

人多審美觀服裝喜華麗居處求安適連雲起甲第什
物務精美飲食喜甘脆國貨苦粗疏乃以外物替西人
乘此機眼光本精銳霧縠進輕綃堅韌來絨毳器皿列
大肆奇巧復精細國人爭購取安識其中弊英國滅印
度先用通商計金錢既外溢國魂從此逝日本小島國
不肯作奴隸拒用舶來品奮力興工藝吾國最紊亂處
此列强際偷安忘國恥不自知勉勵漏巵不能塞國庫
空無幣如此長不醒印度我前例

八

人生天地際自當謀衣食中國領土廣貧民多于鯽敎育無系統工業少知識經濟苦奇絀無資堪貨殖深嘆謀生難饑寒苦相逼外人乘其隙開廠滿吾國誘我作苦工晝夜無休息待遇既不平工資復朘刻時時受責罵寃苦不得直畏威幾如虎有淚不敢拭偶遭機械毒忍死甘緘默以我汗血工助彼帝國力華工求加薪胡兒怒嗔臆棒打兼槍擊待我如盜賊曲直不可論公理早已滅哀哉吾同胞此恨無終極

臥病申江婦孺醫院中作

病中辜負艷陽天燕語鶯啼只自憐何處風箏吹斷線
飄來擱在杏花巔
如此春光最可憐桃花含雨復含煙無情小鳥偏多事
亂踏枝頭話似綿

春雨乍晴

幾日廉纖雨今朝始放晴呢喃聞語燕宛轉聽流鶯新
漲銀魚躍空庭碧草生春光無限好憑眺足移情

和文甫師原韻卽以寄志

風流儒雅是吾師一局殘棋賴主持畢竟東山應出世
豈宜高臥賞花枝
烈士頭顱壯士才黃花岡上事堪哀匹夫不負興亡責
鐵血山河孰主裁
須是英雄負令名縱横海内莫相驚褁屍馬革青年志
事業休論敗與成
未容遯跡賦歸田風雨飄揺國事牽永夜聞鷄空起舞
直將投筆燬吟篇

題羅文甫先生畫水墨龍大幀題曰霖雨潤蒼生

嗚呼曹韓不可留，駿馬驕龍泣九州。顧陸今已休，紅樹青山負好秋。仰慕昔賢空想像，懷古徒存千載憂。四明羅翁最好事，書畫萬卷羅胸次。興來潑墨圖水龍，聊寄平生經世志。張鱗舞爪蟠天空，乘雲夭矯起狂風。變理陰陽調水火，匡時濟世補天工。茲聞贛黔萬民哭，（乙丑六月十二日新聞報詳載贛黔二省旱災）赤地千里無粒穀。飛蝗蔽天白日暗，百萬哀鴻盡枵腹。安得神龍起風雷，捲起扶桑浪千堆。灑徧大地作霖雨，洗盡神州薰天毒。餤使民枯吻開，區區疫厲蝗蟲何足災。

和韻寄姊氏于北京

新春暫喜歇征車酒滿金罇書滿家小妹嬌癡無賴甚
窗前學讀頌椒花

年年作客感勞身暫得安居度好春富貴功名如水月
三千世界一微塵

麗日烘窗雪後天梅花含笑鳥啼煙妝臺人去三千里
大好春光只自憐

憶昔家鄉作散人連株荊樹結芳隣屠蘇飲罷中腸熱
世事高談常率眞

自喜今年俗慮休綺羅脂粉薄時流閒來且與兒童戲
日日江頭弄釣舟

歲歲江湖寄此生何時相對訴離情夜來細讀君詩句
玉樣溫柔水樣清

步羅先生弔孫中山先生元韻

男兒如此足稱奇錦繡河山獨賴伊一紙遺書銘我骨
沙場他日願橫屍

愧無妙術繼靑囊予有志至海外學醫慈親不許救我英雄與我邦今
日淒風斜雨裏哭公只有淚雙腔

揚州十日萬民屠專制君王死有辜革命成功救漢族
擎天事業古來無
七尺銅棺安此身萬民垂淚哭君親先生此去休惆悵
繼起英雄大有人

惜花春起早

夢轉黃鸝枝上啼窗前曉色尚淒迷東風披拂湘簾動
一樹嫣紅壓露低
九十韶光容易終好花能得幾時紅關心細把風番數
幾度曾過芍藥叢

春來日日惜花忙魏紫姚黃費品章輕繫金鈴斜掛幔
忍寒破曉立芳塘

爲花費盡十分心辜負香衾夢懶尋雨怕太寒晴太暖
祈天連日作春陰

遊普陀山雜詠之一

石巘盤空翠欲流洞中炎日亦如秋煙霞自可消凡俗
何必風塵名利求

綠天簃詩集終

綠天簃詞集

四明曙蕉張汝釗著

踏莎行 題晚紅軒詩集

晚翠當軒落紅如雨斜陽芳草春無主詩人底事太多情湘箋十幅吟愁句　細數風番閒抄琴譜醉來倦臥花陰處淸才百斛總難量高吟且把華年度

二

三徑青松一籬黃菊半生領略幽居樂蛾眉羞畫入時妝煙霞深處長棲託　名利無心襟懷淡泊逸情高致

如雲鶴著詩肯負好春光墨花零亂皆珠玉

臨江仙 清明憶家

一夜芭蕉窗外雨聲聲滴碎愁腸曉來無計慰凄涼欄杆斜倚處風度落花香　杜宇聲聲啼不住清明時節懷鄉離愁縈繞柳絲長銀塘春水漫何日泛歸航

憶王孫 滬江大學月夜遠眺

黃昏無事數明星倒影樓臺宿雁驚竹葉都成个字形水如晶月點波心碧海晴

搗練子

紅杏雨綠楊煙寒食東風杜宇天偏是賣花聲太早聲聲吹到畫樓前

金縷曲 弔先師姚松巖用汪劍潭韻

乙丑元月望日同表妹菊影謁先師姚松巖崇勳墓見孤坟三尺屹立田間四圍蔓草已堪沒膝問其子孫皆棄儒服賈斯文不復傳矣回憶先生在時能詩文工書法爲清季名儒晚年悖忯落拓館予家數載鬱鬱不得志而卒其平生著述除吾弟咀英爲刋商家訓蒙淺說外是書于師

歿五六年後得之于苌子之商店中無幸存者蓋師至予家時吾儕方髫齡不知文章爲何物宜保守之言念及此悲憤塡膺聊識數語以代痛哭

瞻墓悲歌放弔先生荒煙蔓草死生遙望百結柔腸千點淚此恨悠悠難量都付與風雲惆悵三尺孤碑殘照裏和高文妙墨同埋葬餘鬼火夜飄蕩淒涼念子塵寰上飽嘗來酸鹹世味炎涼情況恨滿愁多兼骨傲贏得年年淸恙（先生病咳數年）況託足烏衣門巷百斛龍文今難繼枉當年受業馬融帳吟斷簡發悲響

浣溪紗 擬四時閨情

壓髻嬌花覆額齊文楸賭罷小樓西泥金匣子手親攜
一院飛花愁燕語半簾斜日聽鶯啼年來心事總淒
迷

輕啟紗窗喜晚涼羅衣薰透藕花香歸鴉細數立斜陽
掬水驚看新月小聽蟬聲過別枝長些些往事費思
量

一曲清歌唱懊儂愁來羞對玉芙蓉已涼天氣別情濃
沿砌新苔牽恨碧墮階殘葉舞愁紅小樓昨夜又秋

風

小閣輕寒强自支薰籠斜倚獨相思箇中心事沒人知

我爲無聊纔譜韻卿如懺恨定裁詩休言暫別不多

時

醉太平　七夕

爐香乍燒煙横綺寮柳梢眉月新描把穿鍼伴邀　銀河寂寥鴛鴦嬾描感他靈鵲塡橋訴離情碧霄

多麗　西湖景

過虹橋蘋花香滲輕橈漾波光鴛鴦驚起雙雙飛過蘭

苕畫中遊天涵雲氣鏡中渡涼挹晴飆綰水楊枝繫情柳線似當年張緒嬌嬈比處士乘風歸去梅鶴兩無聊空留下危亭孤嶼閒話漁樵　追湖堤人聲靜後正蟾魄印銀潮碧盈盈清宜沐兔白浩浩冷透眠蛟宿鷺空驚游鱗倏沒誰家玉笛弄清宵見數點明星倒映清影逐波搖放懷處扣舷高唱俗慮都消

浪淘沙 和姊氏韻

一曲艷陽春慰我吟身故鄉雖好更誰親時予適年假回家小住頗感寂寞倚遍銀屏時細數別後芳辰　蠖屈志難伸聊學

癡人此心久已倦風塵只有離愁拋不得姊妹情眞

前調 新春寄妹時客北京　張汝軏

客裏度新春悵惘孤身每逢佳節倍思親何況有情花月地誰共良辰　湖海氣難伸知己何人江鄉飄泊感風塵歸夢江南清夜永細訴情眞

點絳脣 曉起聞啼鳥同錦桃戲作

一院鶯聲驚回好夢無尋處夜來風雨花落深如許　屈指春初又是春將去天涯路王孫芳草休更歸期誤

曉日臨窗起來慵把香衾疊鶯歌清絕似笑人離別

莫作雙飛此恨同誰説柔腸結關山難越儂不如鶼鰈

滿江紅 落花

幾陣東風吹醒了三生舊夢飄墮到牆陰簾角朱門畫棟墜粉殘紅生足惜鶯啼燕語休嘲哷最無聊疏雨曲闌邊春寒重　芳事過年華送空悵惘閒吟咏比朱顏憔悴更堪深痛狼藉臙脂春太狠淒涼風雨情偏動擬曉來爲作瘞花銘埋香塚

憶江南 半淞園

名園好十里軟紅中數點雲山迷歇浦半江煙水剪吳

淞艷曲醉春風

垂楊外兩兩訴衷情芳草綠消名士氣飛花紅膩美人

魂燕苑訂新盟

秋容艷碧水膩蘭橈蒲葦引風長颯颯芭蕉不雨自瀟

瀟送我過虹橋

梅香艷紙閣畫簾陰雪滿齒痕誰蠟屐暖添爐火自彈

琴淺酌復低吟

水調歌頭 初夏即景

時序清和候鶯燕語無聊正值花開紫楝細細逐風飄

最恨鳴鳩多事暫喜新晴初放呼雨又連朝水漫野田上新綠見秧苗　垂楊岸漁舟繫傍紅橋晚來罷釣歸去一片弄清簫人羡黃花石首我愛桃花肥鱖風味自超超轉瞬黃梅熟沽酒樂逍遙

蝶戀花 送姊至北京

燕語聲中年事度點點楊花飛盡江頭樹落日旗亭荒草路何堪更作離愁賦　昔日清明拈草處南浦春風攜手踏青步今日詩題紅葉句西流愁送君歸去少小歡娛何日再纖手搴衣捉蝶花間戲閒放風箏芳

草地弓鞋濕透桃花水　屋角芭蕉橫翠黛費盡商量
汲水清晨溉君去天涯儂孰愛淒風苦雨何能耐予號曙蕉
故有此喩
憶昔新春時節近同過石城瞻謁明陵寢閒泛秦淮河
裏艇凭欄月照雙雙影　眼底風光渾似錦燕語鶯啼
一樣浮華境人去江南花落盡笛聲淒咽雲橫嶺
徐淑秦嘉詩酒侶兒女成行眷屬神仙伍一棹江南桃
葉渡東風吹送春申浦　轉眼韶光容易度菡萏香時
好把離愁訴準備輕車江上路同遊十里煙花埠

高陽臺 代某友寄其愛妾吟紅

棠韻飄紅梨痕墮碧薄寒簾幙新晴燕子重來依稀猶認銀屏欄前難護春長住有佳人親繫金鈴最難禁銀燭深宵幽意閑情　香盟鏡約今何在任秋波盼斷消息無憑曾記當年畫樓曲譜雙聲陌頭柳色今依舊碧毵毵深處藏鶯最堪聽軟語嬌啼似喚卿卿

長相思

路迢迢夢超迢夢斷揚州廿四橋月明誰弄簫　醒無聊醉無聊銷盡離魂是此宵淚珠盈絳綃

水調歌頭　書願

擊碎唾壺缺，慷慨發高歌。長纓有路堪請，生欲縛摩訶。且把東南形勢，以及中西成敗，一一腹中羅。吴越等閒耳，平地起風波。　平生志，天付與，莫蹉跎。幾時雲雨會合，鼓浪渡銀河。焚棄詩書萬卷，攜取金槍一柄，入水斬靈鼉。明月來相照，肝膽壯如何。

南柯子　同浣青及姊氏遊後樂園

緑竹圈荒徑，名園夏日涼。騷人結伴共徜徉。愛然風來陣陣藕花香。　高樹蟬還噪，疏鐘帶夕陽。誰家吹送笛

悠揚勾起征人低首憶家鄉

前調　張汝軏

古蔓沿高樹閒階碧蘚侵重門靜掩落花深寂寞名園幽趣足清吟　歌舞當年跡陵夷直到今斜陽冷照女牆陰燕語空梁相對話傷心

賀新涼 代友人寄外子

夜色涼如許恨聲聲蟲吟四壁被伊驚寤憶昔西窗同話舊坐對秋燈夜雨還怕讀江郎別賦廿載名場仍落拓暫相離江上斜陽路從此後鱗鴻阻　深秋月色良

宵午倚銀屏香飄桂子終成虛度一瞬功名成何用誤了青春遲暮只添得鬢絲無數天壤王郎消息遠傍妝臺重展烏絲譜將往事與君訴

醉花陰 蝶

霧重低迷花外路閒傍妝臺舞影入鏡中央少女添妝拈去方知誤 尋芳偶過綠陰處風動芭蕉樹錯認扇兒搖負得濃香急轉牆東去

風入松 紅葉

霜林落葉晚蕭蕭野寺渡溪橋胭脂紅染秋容豔斜陽

外添個歸樵，却把輕鷗驚起，忽聞隔岸吹簫。　御溝流水自迢迢，情重又心遙。風光怎似村居好，長亭上沽酒一瓢。妝點秋山顏色，却疑二月花嬌。

天仙子　白蓮花

漫比西施晨對鏡，濯透冰壺脂粉淨。凌波微步襪生塵，雲珮靜，風裳韻，怕聽湘絃愁夢醒。　應是素娥憐顧影，翠羽明璫妝束靚。亭亭玉立向銀塘，香遠近，渾難省，斜月三更秋意冷。

憶江南

無限恨身世類飄蓬命不如人人莫笑年年涕淚灑西風雨雪又殘冬

鵲橋仙 七夕

銀河影淡珮環聲遠一度相思又了天公既許締良緣忍使我離多會少 愁懷萬種佳期一霎轉眼鵲飛天曉良宵苦短不成歡那得有工夫送巧

大江東去

五卅之役同學多死節予雖免于難歸家後茫茫若有所失痛國亡之無日同胞仍未覺悟自

恨回天無力雖苟全生命而莫補艱危翻覺慚對故人因率成此解聊以寄慨

半生心緒嘆茫茫塵海更誰知己遯跡深山閒歲月銷盡英雄豪氣和月鋤梅裁雲補硯豈是平生意放歌高唱莫嫌狂態如此　今日血洗神州故人仗義爲國從容死霧慘雲愁孤月白慟哭傾城名士死難者多有志好學之士朝鮮喪邦波蘭亡國千古傷心事銅駝荊棘同胞應也醒矣

蝶戀花 惜別

無計留君君欲去紅襯斜陽一院春無主欲倩柳絲遮去路畫船早繫門前樹　惆悵年來離別苦怕被君知偷寫傷心句忍淚問花花不語暗香飄盡無尋處

攤破浣溪紗　清晨游法華洞

踏徧松霽曉色蒼一天清露濕衣裳吹送好風過山寺野花香　白鶴和雲眠翠柏青禽帶霧立疏篁梵語鐘聲喧一片笑僧忙

一剪梅　擬古別情

一點銀燈掩畫屏香夢初醒幽恨難禁有誰能解此時

情君太飄零妾太伶仃　屈指花前計去程今日長亭
明日短亭算來不覺過清明春已深深柳已青青

二

昨夜魂飛繞漢關霜滿征鞍雪滿刀環西風吹冷客衣
單君在天山妾在吳山　自製寒衣欲寄難紅燭燒殘
紅淚泦瀾封將心事與君看不說平安也說平安

三

新樣羅衣着體輕枕簟涼生團扇風清莫憑秋雁寄離
情誤了歸程負了香盟　憶昔新涼趁月明舟泛前汀

曲譜新聲而今一水自盈盈迴溯伊人却是勞人

四

一片離愁訴與君紙上墨痕枕上啼痕最難挨過是宵分漏點沈沈燈影昏昏　月冷梧桐靜掩門落葉繽紛蟲語淒清年來心事不堪論拋了吟罇瘦了詩魂

五

春病懨懨强自持愁損腰支瘦比花枝紅顏不似別君時君豈知之妾自憐之　月過紗窗夜漏遲欲避相思愈繞相思別來幾欲鬢成絲不爲情癡却爲誰癡

六

別後韶華最易過，病裏消磨，醉裏消磨。眼前花月任蹉跎。不是愁魔，便是詩魔。　細雨黃昏欲奈何。夢也無多，信也無多。燈昏漏盡淚橫波。睡也思他，醒也思他。

浪淘沙 雪夜感亂憶姊

殘雪戀梅梢，冷透金貂。最無聊賴是今宵。盼斷音書千里外，烽火連朝。　旗旎滿荒郊，怒馬蕭蕭。鎗林彈雨客魂消。戰鼓聲聲催臘盡，愁逐江潮。

如此江山 甲子除夕

祭詩殘臘愁如故年華又成虛度身世飄零河山變幻空說天涯歸路功名已誤嘆禿筆無靈從戎難賦冷雨霏微夜深幽恨憑誰愬　淒淒角聲暗渡爲誰頻激烈含悲飛怒毳幕凝冰柳營積雪戎馬蕭蕭何處勞人歲暮正塵夢未安酒闌人去鶴唳一聲又驚人更苦江浙戰起後至除夕尚多虛驚予家夜宴散後忽聞槍砲聲

荊州亭　傷懷

窗外雨聲如泣枕上淚痕霑濕落拓客途中身類殘花病蝶　數點晚鴉落日幾處沙鷗爭食救國待何時欲

渡中流無楫

卜算子　秋懷　　張汝軏

秋雨洗秋林賸得黃花瘦自是騷人感慨多莫怪西風驟　枝上蝶魂孤窗外蟲聲透一寸相思九曲腸準備千鍾酒

滿江紅　離情

無限離情魂夢裏聲聲低訴恨只恨曉來鶯語被伊驚寤此後有愁何處說夜來望月空迴愬最難堪陌上柳青青歸期誤　思往事春臺霧懷舊恨天涯路嘆海棠

風信與誰同數燕子不來疏雨晚梨花落盡斜陽暮鎖

無聊拈墨弄香箋塡新譜

昭君怨 明妃

匹馬西風殘雪永別漢家宮闕幽怨訴琵琶度黃沙

一去紫臺音絕飛夢關山難越莫愛妾顏紅幸和戎

金菊對芙蓉 觀梅蘭芳演霸王別姬 張汝軏

燭影搖紅歌聲嗚咽千秋霸業爭看有英雄兒女

熱淚汍瀾演來靑史傷心事想當年訣別心酸絕

代嬌姝柔情如水寶劍生寒　楚歌唱破家山奈

虞兮無恙愁損了眉彎痛江東子弟碧血斕斑美人名馬今何在賸烏江月落寒灘不堪迴首蛾眉宛轉玉殞香殘

蘇幕遮 代陸博士憶病妻

露珠圓蟲語靜月照紗窗光透枕邊冷葉落梧桐聲淅淅一夜秋風勾起愁心緊　擁孤衾撫角枕細念伊人不見伊人影却把從來臨別語萬縷情絲結箇相思境

一斛珠 梅妃

不堪惆悵從今羞畫雙眉樣梅花消息應無恙舊夢如

煙空憶九華帳　淚濕紅綃欹枕上鏡臺塵滿慵依傍

長門敢拜君王睨一斛明珠怎慰淒涼狀

憶舊遊 憶妹　張汝軏

憶離亭判袂細語叮嚀愁斂眉彎忍灑傷心淚矧多情昆季詩酒盤桓頻年滬瀆聚首寒暖互相憐嘆兩鬢秋風增添憔悴總爲情牽　向花前凝佇奈九轉迴腸傭黛低鬟怕寫淒涼句寄相思萬里目斷飛鴻猶恐鄉音滯願珍重自加餐値冷露金風夜涼慎莫倚欄干

闌干萬里心　寒食

年年此日最消魂寒食東風深掩門隔院鶯聲不忍聞
自温存萬斛離愁和淚呑

二

闌珊心事共誰論閒對梨花愁思昏往事淒涼餘夢痕
祭詩魂淚滴銀缸香不温

瀟湘夜雨　憶家　　張汝軏

離恨空多幽懷如許眼前境與心違從頭舊事憶
當時香夢遠追尋無迹韶景去霜鬢將催多愁病

春蠶自縛總爲情癡　者番芳訊關情手足頻促
歸期憶家鄉慈母數載分離恩似海難言報答說
不盡紅淚暗垂傷心處柔腸欲斷歸夢繞庭幃

醉落魄　用李周隱韻

薄寒驚怯落花風起珠簾揭濃香薰透衣重疊綠暗紅
稀忍把櫻桃折　百結愁腸何處說梨花滿地堆香雪
傷春况復兼傷別一角紅牆飛過雙雙蝶

金縷曲　寄北京姊氏

吾姊平安未憶從前天懷澹泊癡憨同味紙閣蘆簾燈

影下共話西窗娓娓卻難道清貧如洗衣食無端驅我去歎黃花分向東籬寄語世事我和你　近來我亦愁無已恨頻年飄零蓬梗思家千里老母龍鍾兒子幼欲去行裝又止最怕是門閭遙倚遊子天涯消息遠慰相思秋雨秋風裏頻寄訊莫濡滯

減字木蘭花 閨情　張汝軏

玉顏清瘦雲鬢低垂兩眉皺無限思量一日相思九轉腸　花晨月夕閒倚闌干情切切寄語東風莫負春殘芍藥叢

虞美人　暮春憶姊

新愁舊恨知多少花事將殘了春光九十已匆匆却被雨絲風片盡消融　夢回不覺紗窗曉宛轉聞啼鳥桃花憔悴墮殘紅一片淒涼都在不言中

二

天涯海角相思地消息憑誰寄清明寒食自年年最是斷腸時節落花天　傷春怨別年來慣難把春愁懺前情回首總如煙況復離懷消盡夕陽前

醉太平　贈將英姊畢業于滬江大學將歸湖南

香盟鏡盟歌聲笑聲思量舊日深情喚卿卿蔣英　才
清氣清心靈筆靈羨君如許聰明作中華曉星

二

他鄉故鄉銷魂斷腸離愁十斛難量寫相思一張　洞
庭岳陽山遥水長一帆歸去瀟湘願他年莫忘

綠天簃詞終

綠天簃詩詞集勘誤表

叙一　第一頁　十三行　十三字　馱誤䭾
叙二　第一頁　六行　十五字下　漏常字
叙二　第二頁　五行　七字　蕉誤雲
題詞　第二頁　六行　十五字　幛誤幢
題詞　第三頁　十六行　一字　冷誤吟
題詞　第五頁　七行　十二字　慼誤惑
詩集　第四十八頁　十四行　三字下　漏毋字

紉蘭館詩詞集勘誤表一

詩集	第四十八頁	十四行	三字下	脫排字
題詞	第五頁	七行	十一字	誤脫落
題詞	第三頁	十六行	一字	宜改作
題詞	第二頁	六行	十五字	韓韻館
叙二	第二頁	五行	七字	泥變雲
叙二	第一頁	六行	十五字下	瀟常字
叙一	第一頁	十三行	十三字	爛照熾

綠天簃詩詞集勘誤表

王慕蘭撰

歲寒堂詩集（附詩餘）

民國十五年（一九二六）鉛印本

提要

王慕蘭《歲寒堂詩餘》

《歲寒堂詩餘》，王慕蘭撰，詞附《歲寒堂詩集》刊行，民國十五年（一九二六）鉛印本。華東師範大學圖書館有藏。集前有孫瘦石題簽，並有「民國十五年春刊於甬上」字樣和王慕蘭女史七十肖像一幀，目録一份。周善安、江五民、宋慶瑺、王士杰爲之序。李沐霖、周世棠、李潤霖、孫序裳、周國粹、鄒遇題詞。集末有孫瘦石跋。詞一卷，共十六闋。

王慕蘭（一八五〇—一九二五），同邑董兆荭室，浙江奉化人，清末民初教育家。王慕蘭自幼隨宦蜀中，幼承庭訓，工詩詞，擅女紅。父母皆亡故後，其流離困頓，後扶櫬歸里，三十歲左右與董兆荭結縭。董兆荭（一八三八—一八八八），湖北補用知縣，惜於一八八八年亡故。王慕蘭自返歸故里後，便在家鄉設立學館專招未纏足女性，提倡女學。後又出任官辦新女校校長，直到七十二歲高齡才辭歸，期間又倡辦梓里之霞溪學校。其一生獻身教育事業，弟子盈門，曾被政府授予「巾幗丈夫」獎匾，並入縣志。

《歲寒堂詩集》由孫書城諸君募資付刊。根據宋慶瑺序言「乙卯秋，余仍游學京師，吾邑王慕蘭女士以詩集將付梓請序於予」可知，實際上在王慕蘭生前，其已在積極籌劃將該書出版，這一點可從幾篇序的時間主要寫於一九一五年至一九二〇年之間證明。只是最後孫書城諸君募資完成詩集刊刻却在一九二六年，而此時王慕蘭已經謝世。王慕蘭一生多舛，「少年喪怙恃，中歲失所天，鍾愛小弱弟亦復赴重泉」（李沐霖題詞），直至晚歲境遇才相對好轉。故其詩多慷慨悲歌，清新俊逸又寄託遥深。詞則多首親情書寫之作，情真意切，感人肺腑，詞筆洗練流暢。而《憶秦娥·夏日》《西江月·芙蓉》《送春詞》諸作雖不離閨閣詞傳統題材，却也寫得十分清新流麗，無軟媚之態。

奉化王慕蘭著

歲寒堂詩集

孫瘦石謹題

瘦石

民國十五年春刊於甬上

歲寒堂詩集目錄

卷首

歲寒堂詩集敘一

世謂閨閣之詩少而傳者多夫豈然哉詩之出諸閨閣者在一邑或少推之天下統之古今不爲少矣然而千百篇中傳者殆無一二其故何哉蓋詩之傳傳於詩傳於人也詩不工無論矣詩雖工而作者非人則不重卽不能行世而傳後詩既工人又賢宜若可傳矣然無有道者爲之品題其美善則賢者不自炫世無由知亦不傳卽傳亦不廣詩之傳蓋若斯之難也吾奉慕蘭王姆師詩人也詩人之賢者也其先太翁个山先生仕川蜀姆師隨侍秉承家學能爲詩處境極困少失怙適同邑董君兆莊有勞擢縣令仕途顛躓未克用行旋里後家貧子方乳飢驅求食別子授徒居無何竟失所天乃假詩以寫

其憂思道其湮鬱淋漓感喟動人必深豈所謂愈窮而愈工者乎爲邑作新女校長十餘年其誨人也母儀閨範善誘循循去冬年逾古稀告辭校職諸生徒哭泣勉留以故中止至歲入束修以十分之二助校中近又倡辦梓里之霞溪學校巾幗鬚眉熱心教育誠足爲當世風者而吟詠之工猶餘事焉姆師嘗招余襄教女校獲覩其詩然未覩其全集今有道之士如孫書城諸君以歲寒堂詩募資付刊錄其全詩若干篇篇中孝於親友於弟嚴於立品深於用情一一根之於心發之於聲昔曾南豐所稱蓄道德而能文章者其庶幾歟後之覽是集者將喜其工慕其賢雍容揄揚且爲之延譽而增重焉夫豈僅傳一時而已哉余嗜歲寒堂詩更喜孫君諸人闡揚之雅意故樂

贅數言冀附簡尾若云詩序則吾豈敢庚申孟夏七十八老人嘯雲
甫周善安稿於閒園閒外草廬

歲寒堂詩集 卷首

歲寒堂詩集叙二

歲寒堂詩集吾奉王慕蘭女史之所作也吾故人子書城孫汴環暨余門下天放𡨊載盛等爲募貲刊於熱河旅邸謁予爲序予記乙卯年續選剡川詩鈔錄女史詩至八十七章凡可傳之作具列於編而論詩亦視諸家特詳乙卯而後其詩格之變遷若何卷帙之增多若何余均未之見夫復何言女史自幼隨宦蜀中其間流離困頓至不忍言五十而後稍稍以筆墨自張暮景桑榆乃入佳境古謂詩窮後工則女史之境前不如後女史之詩當後不如前抑復何言慨自學說既紛詩體亦將大變有心者方戚戚憂之以爲風雅正軌將歇絶於人間吾於女史之詩以見之於前者證之於後固無慮此而以古

稀之年久長女校山城雖僻遠而林泉之美兵革之稀政俗之湻古皆足發爲詩歌曾湘鄉所謂太平壽考從容以躋於古之作者吾於女史亦云則其詩之益進而得有歲寒之實可想而知則窮而後工之說殆不能限我女史也吾又何爲無言吾故喜是集出而讀剡詩續編者當於女史詩更進一解而不第無窺豹一斑之憾此余不欲言而重言之意殆卽書城諸君募刊之意也夫己未歲七月江五民

歲寒堂詩集叙三

乙卯秋余仍遊學京師吾邑王慕蘭女士以詩集將付梓請序於余流覽既竟喟然而歎曰詩者天籟也古之人於其所志發爲詩調劑乎規矩之中超逸乎規矩之外故其爲詩也簡而不繁純而不雜今之譚詩學者兢兢業業每於詩中求之且分門別戶流派萬端此所以每況而愈下也余甚悲焉嗟乎詩學之失傳也久矣欲人之知詩也亦難矣女士幼耽吟詠隨父宦於蜀遡長江登峨眉既返鄉里遭家不造故多慷慨悲歌之著不斤斤於派別有足多者論者謂史遷好遊歷而文思日進女士之詩殆得之於山水間乎其清新俊逸也亦宜余每讀其唱和之作必適於兩者之間若流露於品性而不自

覺者抑又何也蓋女士之詩本未嘗於詩中求之儻所謂天籟是耶非耶至其詠物遣懷亦可謂深得詩言志之遺意者矣余與女士爲忘年交相見恨晚嘗嗜其詩而患不能盡於其梓焉爲之序宋慶瑶

歲寒堂詩集叙四

余嘗怪詩人多憂愁侘傺之詞而無慷慨發皇之作千古傷心莫如屈子屈子離騷蓋攄亡國之恨而至今推爲絕唱若杜工部者生當盛唐之際雖有安史之亂未幾勦洗淨盡是宜極口頌揚矣而詩中則殊不然如出塞宿府悲秋諸首非憂深遠慮卽鬱鬱無聊如寄太白詩則有自愧葛洪語意欲離世遠舉卽懷古之詩亦多幽怨如詠昭君諸葛武侯諸首是也杜公遭際嚴武不可謂之不遇乃與屈子同一肺腑豈非奇事是則非由命薄乃詩人之情性也自唐以後學詩者皆宗工部吾從姊慕蘭亦酷好杜詩無論長吟短吟一一入妙東坡曰天下幾人學杜甫誰得其皮與其骨若吾姊之詩非獨存其

皮骨竟至神情皆有顧議者輒謂姊自先伯父遊宦蜀中卒於任所姊扶櫬回里既而諸弟相繼夭亡姊之夫君亦卽逝世一身而抱孤子寡婦覊旅窮愁之痛故其爲詩一字一淚一字一血直與屈子同心不僅學杜獨到信乎詩人多窮哉夫詩詞爲物小則移心性大則化風俗若古今詩體祇此一格則所關匪細怨氣所鍾恐爲太平之累況吾姊生長仕宦少承家學今雖年老弟子盈門名滿一邑雖古之曹大家謝道韞無以過之是宜有以革先世之積習作盛世之雅頌毋得好古太過此吾所以讀全集而惓惓於姊幷爲天下後世告者也從弟士杰

歲寒堂詩集題詞

五古一

大易著苦節其道利艱貞二南冠國風其言感性情緊維女相如坤維之泰斗遇等魯共姜學如韋逞母少年喪怙恃中歲失所天鍾愛小弱弟亦復赴重泉偏是孝友人遭此骨肉變披讀集中詩字字肝腸斷上帝雖板板報施有權衡靳之以厚福予之以清名絳帳育英才夭桃間穠李欲讀等身書請從斯集始

凌源李沐霖恩波敬題

五古二

女才古多誤才反掩其德蔡琰枉抄書蘇蕙徒勞織誰具松柏心歲

寒爭秀特流露文字間迺爲世矜式秋後草木彫吟聲半淒惻非詩
能窮人詩從窮中得讀書眞何用一字不堪食連歲迫飢寒何人憐
弱息愁腸借詩鳴眞性無雕飾難得淺如話老嫗亦淚拭憶從蜀道
歸歷盡荊與棘苦語帶眉顰猶作岷峨色初非候蟲吟寒宵聲啾唧
亦非怒潮吼雲山勢崩屴但覺天地間音滿正氣塞風雅與名教從
此得扶翼

石虞周世棠敬題

七絕一

徐惠辭章唐六典班昭文字漢春秋國風嫡派傳閨閣端讓夫人出
一頭

秋菊春椒千古頌，霜松雪柏半間堂。絳帷羣弟爭相挽，盡瘁甘爲女武鄉。

丁娘曾作大家讚，盧母特爲天寶詩。馳騁騷壇換旗鼓，主盟何必問雄雌。

清才遠邁荆公妹，雋藻無慚元稹妻。錦繡江山助神骨，一生心血此筌蹏。

凌淥李潤霖荷之敬題

七絶二

眼底滄桑自可哀，天公有意厄奇才。謝家幸具如椽筆，寫出離騷滋味來。

本是烏衣劫後灰，幸逢桃李更新栽。雲箋擘畫混非舊，煞費承明作賦才。

振興女學守良箴，巾幗英雄見素心。身世凄涼誰似汝，課餘猶有斷腸吟。

賓甫孫序裳敬題

七絕三

巍然物望魯靈光，女學從今得少昌。最是人文兩清絕，後生爭頌歲寒堂。

先生書禮久名馳，家學淵源信有師。得列門牆差自幸，學詩生悔十年遲。

受業周國粹敬題

七律

機下燈前想見之謝家風調斷腸詞千程蜀道千般險一縷秋心一卷詩蘇蕙妙才傳錦句班昭令德作經師南樓去後生女士浙水東西遇共奇

古陽羨鄒　遇秋士敬題

吳藻生詩集

歲寒堂詩集卷一上編

奉化王慕蘭著

五古

先母忌辰

惻惻復惻惻欲語淚沾臆今昔我一身苦樂不相識昔貌芙蓉花今成憔悴色試問何所悲春暉報不得春暉報不得我痛終無極

先父母墳墓墟矣書此代哭

廉吏固難爲所慮曰貧耳何以遭閔凶幷令闔無子惟予女一人仳離復如此遙望白巖山伊誰承祭祀麥飯恐難求寂寂竟乃爾回憶宦游時臣心淸如水除惡務期盡養癰素所恥行軍紀律嚴報國誓

以死坎坷三十年不爲人所喜身後忽衰落又爲人所指讀書譏無益一脉從此已我聞倍酸辛命途何終否有女雖勝無緩急不可恃卽使拜松楸橋下難爲梓宅相若承嗣無理或有理一氣不相關亂自始泣告鄉先生忍能終已矣願效哀猿吟斷腸書一紙

咏銅雀瓦硯

咄咄阿瞞心竟欲移炎漢經營銅雀臺從容文酒宴歡樂能幾時瞬目世已換高臺委荊榛徒爲人悼歎惟此一片瓦人尚作珍玩雕琢成硯池置之靑玉案配以玉蟾蜍四寶爾爲冠端石不須誇鳳咮何足算馳騁文場中看人染詞翰昔日八斗才諒已君見慣碌碌升斗者不足供顧盼我今作此頌以博君一粲

歲寒堂詩集卷二上編

奉化王慕蘭著

七古

二十生日父親賞水墨大士圖命題其上

我在賦命薄如紙不作男兒作女子虎頭食肉彼何人寫翠傳紅誠可恥吁嗟乎海變桑田田變海世間何物終不改蓮花坐老不知年只有菩薩名自在

繡富貴神仙帳簷祝父親壽旦

蜀地光明錦裁作芙蓉帳花花葉葉各相當或取其名或取狀富貴劇談趙李家神仙應在松喬上我不學蘇蕙感情織回文媚兒希恩

描彿障我不祝金章紫綬等浮華伐毛洗髓諸慮妄但求我親處此寢席安千古閨紅成獨唱

將赴石氏館感賦

吾生何以多磨折年來落落生涯絀不將十指鬬時新舌耕從事稱奇絕嬌兒未斷乳何能與母別安輿已在門抱兒聲嗚咽可憐我兒含乳呱呱啼會意此情不能說兒莫啼兒啼傷母慈母身欲去復延佇顧汝復汝淚如雨此時此際難爲情悔不酸兮蓮不苦伊誰之故使我母子生別離母不詳言兒不知外祖逝世錦官城回念家山萬千程三棺飄泊不能舉八口流離少不更千愁萬慮悲無奈母幾以身從人賣幸逢汝父手援之世事翻覆吁可怪突而中途遇虎狼眼

前翟翟鳴刀槍始至攫金帛繼且竭行裝匍匐還鄉翻自慶食貧不怨吾薄命東塗西抹年復年舊日交遊更誰問紅霞石村有居停招我口傳古六經我自生兒不能乳恩勤顧復賴小星嗚呼噫悲哉兒兮兒兮母去矣暫時別離終勝死我父有靈當佑之無災無害自今始

有客行

有客有客門前倚手持百錢朝糴米自言三旬未放晴轤轆枯腸飢欲死絮袍已質寒到軀家貧何從有簪珥篋中惟有小兒襦幾回欲賣復中止嚴霜烈雪未經過剜肉補瘡彼易此含悲持入富人家以我奢求怒不視吞聲側立再三言勢在必售惡得已可憐捧得百錢

歸嬌兒破涕色作喜提囊重又入朱門覲若金鑾見天子主人怒目問何之頰暈紅潮羞啟齒挑選靑錢不滿百粗糲平升雜糠滓歸來涕淚滿衣裳死復何悲生可恥所悲孺子未成人輾轉行塡溝壑裏嗚呼淮陰曾受袴下辱子胥吹簫乞吳市天之阨人奇復奇古之賢豪猶如此况我煢煢一婦人暫時困頓亦應爾適聞客言重欷歔落魄窮途何相似爲客擬作乞米書紙上斑斑淚痕紫

觀秋季大運動會

黃帝紀元四千年鷹瞵虎視爭垂涎睡獅沈沈鼾未醒四百兆民猶倒懸何期一旦天自牖決議更張改其絃詔令修文須尙武忍使民氣弱於緜濟濟生徒體育研血脉流通筋骨堅儼習五花八門陣如

茶如火眞奇權藝成何妨一試演庶令鼓舞惕人先況此秋高風日
暖淺草鋪地如鋪氍畫角烏烏入雲去龍旗飄飄映日鮮一聲令下
各整隊戎裝結束何雄姸再接再厲前復前鼉鼓按節聲淵淵常山
之勢首尾應變化不測神有然林槍雨彈利器全要恃運用得其原
國民資格兵爲貴何幸活潑如飛仙競爭劇烈敵所慽短毫相接尤
軒軒泉源萬斛隨地湧如馬走阪箭離絃觀者目眩色然駭一時鼓
掌聲喧闐文修武備已覩止英氣猶復萃翩翩高呼萬歲歌凱旋花
枝斜插帽簷偏

六十生日示諸生

我生之年値已酉人言磨蝎命宮守雖教涉獵識詩書其奈淪落命

不偶既乏經商服賈資又無負郭田數畝蕭然環堵被飢驅南北東西常奔走前列生徒後女學我擁皐比相授受生男娶婦弄孫兒天倫之樂我何有一年三百六十日能幾何時得斂首屈指於今六十年一事無成遽老朽仁湖子弟閨中秀競製詩章爲我壽滿篇黃絹幼婦詞朝夕披誦不釋手何以報之乏瓊瑤惟有慚顏呼負負中夜躊躇忽有念造物生人亦不苟以此寒酸面目冰不合時宜常八九耳聰目明稱健飯自信得於天者厚小牕梅已一枝開此意問花能解否花不能言意可知許我歲寒長作友

九日錦屏山登高歌

秋容蕭瑟秋風號錦溪水碧錦屏高挈伴登臨曠心目四山起伏若

波濤遠村近郭滌場圃斗酒餈糕慰辛苦白雲紅樹菊花黃點綴秋光尤媚嫵惟我對菊意悲傷去歲今年同色種落拓半生常作客客中二十度重陽一事無成頭雪白勞勞以心爲形役翹首茫然望八荒欲挽狂瀾誰有策直北愁聞洪水災兵阻衡陽雁不來同室戈操滇蜀地非常會又陣雲開祇此淨土惡氛遠努力歡笑加餐飯回頭笑問塔中仙明年此會知誰健

哀鴻篇

九天澒洞銀河決六鰲無力地維折天津七十二沽水汎濫地面無區別懷山襄陵差可喻城郭田廬遭蕩析父母妻子杳不知哀我人斯伍魚鼈男啼女哭山嶽搖或死或生間呼吸死者隨波漂何處生

者流離尤慘切况聞北方苦早寒八九月間卽飛雪口中無食身無衣何以度此苦寒月我聞天上最仁愛今何心腸堅似鐵哭聲怨氣干雲霄不聞不見如秦越天固不可階而升一任呼號空泣血惟我黃帝各子孫褎如充耳是何說庖厨羅列酒肉臭恆歌綏舞助歡悅安得我身化億萬以作勸賑廣長舌請求世人淨洗箏琶耳來聽遍野嗷嗷哀鴻泣

壽孫書城母夫人六十

靑鳥傳來五朶雲奎光璀燦吉祥文薇露浣手始展讀言言懇切意殷勤書中詳細說慈母花甲初周宜介壽男不廢學女出嫁教養獨任恩尤厚以我當年託比鄰朝夕過從知最眞不作尋常頌揚句德

行懿範皆直陳山川靈秀鍾上宋來嬪孫族仔肩重不隨薄宦住姑蘇願侍衰姑甘旨供可憐機杼幾曾停五夜猶聞軋軋聲男錢女布早安排精力盡瘁白髮生中年又抱分釵恨無邊酸苦塡方寸恐阻諸兒求學心强振精神不愁悶春去春來年復年操持中饋新婦賢含飴從此樂抱孫任他滄海變桑田男能自謀振家聲況復嬌嬌人中英七千卷樓文明藪二難濟美威鳳鳴寶婺星輝逢六秩兒媳稱觴孫繞膝萊舞翩翩笑口開苦盡甘來樂此日我作新歌侑彩觴我才雖短我情長同山巍巍水泱泱願祝福壽共無疆

祝宋恭人壽重游七千卷樓凡三日作此誌別貽書城

此生此會誠難得願以千金易一刻烏桓征客捧檄歸介壽筵開慶

堂北蓉菊爭妍彩帨香登堂祝嘏人齊集主人有酒旨且多使我衰顏生春色酒闌更剪西牕燭說劍論文清興發研究生理心孔開縱談時事肝胆熱眼前滄海變桑田挽轉人心無此力聞君妙術已通神能洗腸胃去狂惑革除舊染使維新快活同登清淨域我老不見黃河清此任非君誰可及惜哉相聚苦不久束縛此身猶有職行矣再見勉加餐臨行不作兒女泣

登雪竇山歌

我昔侍宦游西川曾登瓦屋峨嵋巔雲海浩瀚觀巳止至今心目猶茫然咫尺名山有雪竇傳聞秀麗如刻鏤四明二百八十峯靈秀神奇誰得右曾感君王入夢中不似明皇遊月宮山靈自惜神奇景勝

地豈甘埋沒終乃錫應夢名山字選勝探奇人踵至一邱一壑盡入
詩一草一木皆詳記千丈巖妙高臺蘿峯藤龕何崔巍山靈見我招
手笑何不同吾歸去來胡爲碌碌困塵埃宋元明清安在哉

廬隱堂詩集　卷二

癸亥四月同立憲志來訪雲初因即出觀來元門源奚派館

前一章一本在捐造丁大橋板過慈詠字臘臨師道歸山縣君共團

無碧君梁心嶽和論體變浴山守歐欄琴卷人鄜行一詞一盞歸人

歲寒堂詩集卷一中編

奉化王慕蘭著

五律

即景書懷

乍暖還寒候清和四月天楊花飛盡絮榆葉小於錢家信憑誰寄離懷祇自憐遙知德兒語流麗乳鶯圓

不是長相憶其如久別離深情鍾我輩韶景動人思粉竹初舒候黄梅欲熟時三眠蠶已老日夜吐柔絲

僻地寒暄異山齋景物齊連畦蠶豆熟繞屋佛桑低別恨驚殘夢新吟揀舊題欲歸歸未得愁聽杜鵑啼

小步尋芳景悠然玩物華圓吭枝上鳥艷色道旁花怪石形疑墜枯松勢自斜過籬逢野老倚枝話桑麻

山莊連日雨霢霢復霏霏空翠侵書帙餘寒試袷衣林昏鶯不語花妥蝶慵飛楚客愁無那沈沈晝掩扉

舉目人皆醉窮途女作儒夢痕悲劫運眉樣背時趨鳳泊鸞飄恨天荊地棘鬪寒酸猶故我何日得新吾

筆耕針作耨淸夜自辛酸花樣翻來異鴛文繡出看非儂誇技巧諸子免飢寒何日農桑足胸懷意緒寬

入夜雨淋鈴凄凉不可聽催人雙鬢白伴我一燈靑風拂松濤壯爐添椒火馨明朝有晴意依約兩三星

鳥語驚殘夢，紗窗日影紅。連朝梅子雨，殿候楝花風。人意晴方好，山容畫不工。研朱晨課畢，含思倚簾櫳。

疇昔同心侶，迢迢隔絳河。切磋誰得似，想念近如何。月照啼痕濕，年催鬢影皤。惟存舊書札，時復一吟哦。

有妹天涯隔，離情暮復朝。鱗鴻經歲斷，琴瑟幾時調。別去十年久，歸來萬里遙。嘉陵江上水，不接浙江潮。

有妹同鄉里，偏憐命不辰。那堪新嫁婦，遽作未亡人。月照寒窗織，春深寶鏡塵。庭前森玉樹，還足慰艱辛。

三月櫻桃熟，枝頭火齊堆。紅垂珠錯落，青惜鳥頻來。賦意蕭郎作，詩從杜老栽。回思西蜀地，萬樹錦城隈。

永懷思我弟飄泊賦離居不事求田舍惟知讀父書充閭期在爾補屋獨愁予何日重團聚都令恨事除

似病還非病纏綿一種愁自憐金玉質翻累稻粱謀細雨知梅候餘寒近麥秋鄉心如逝水日夜向東流

七夕書懷

良宵逢七夕牛女話離情乞巧閨中戲長生殿上盟眉翠新月淺衣拂彩雲輕闊別因貧耳何時此恨平

憶昔藏閨閣良宵樂事勤妝臺明璧月金鼎靄檀雲預約穿針線催成乞巧文世情流水去寥落悵離情

賦得九月授衣

九月秋光老因時欲授衣商量新式樣加減舊腰圍入耳砧聲遠驚心候雁歸裁縫嫌日短燈火夜深微

草木黄落

堤畔青青草如何色盡黄芊綿纔幾日搖落爲經霜丹染江楓岸紅銷蓮子房不須嗟寂寞秋菊晚留芳

青燈有味似兒時

記得兒時讀相依一點燈味似韶樂飫焰共筆花凝不滅雞窗志徒慚馬齒增放翁佳句在餘興欲飛騰

新月

乍見天心月渾如遇故人蟾光仍似舊眉樣轉添新不惜暌違久惟

期晤對頻嫦娥知此意流照若相親

對鏡

一自屏膏沐何曾對鏡臺乍看非我相回望訝誰來老醜今如此行藏安在哉壯懷猶未遂杜老有同哀

不信吾衰也今朝攬鏡看脣寒嗟齒落梳滑覺鬢單寧悔爲儒誤祗因乞米難何鄉尋故我欲覓紫金丹

途中作

殘暑猶炎熱勞勞作遠行野航隨水去秋雨望雲生風雹災初過流離象已成山蟬如有意嗚咽向人鳴

冬日即事

侵曉驚寒重愁聽一夜風春回梅蕊白日映紙窗紅絲鬢看如此人情迴不同感時兼憤事咄咄只書空

五排

憶舊四十二韻

侍宦遊西蜀閒關萬里行春深巴子國花滿錦官城西洞探書異峨嵋玩月明雪迷巖道永雨止漏天淸鐵索懸橋渡山田趁火耕菊花彭澤宰細柳亞夫營處處留泥爪年年樂太平嬌癡藏繡閣吟啄倚雕楹南陌尋春去東鄰鬭草迎長歌娛短影舊曲譜新聲劍愛公孫舞茶呼婢子烹抄方評藥性鐫石記花名鸚鵡教方熟鴛鴦繡未成親庭專記籍母教學調羹異地逢閨伴羣芳作主盟歡多偏日淺樂

極竟悲生閬苑靈椿隕秋宵噩夢驚空垂孤女淚莫覔故人情萬里歸難必孤舟勢莫撐思量無善策宛轉只哀鳴乃向孀媒泣難遮滿□頹（抄本滿字下落一字）但能親柩轝何惜妾身輕旅食棲巴地歸舟泛水程波濤催畫舫風雨護銘旌巫峽猿啼苦夔門蝸角爭鄉音近吳越塔影認柴荊大節從夫重奇災遇寇橫倉黃白石道飄忽綠林兵投杼疑難解空囊愧滿盈靑雲思弟妹白眼笑賓朋短褐衣重綻茅茨柱欲傾採薇豈孤竹織錦羨蘇卿坐擁書城富銜題酒誥榮畫圖山曲曲絃管鳥嚶嚶有意嫌金屋無心夢玉京賦生皆是命造物究誰衡設帳爲郇學離家別乳嬰綿綿悲永夜默默對孤檠長晝渾如晚秋霖不肯晴神馳千萬度髮白兩三莖回首繁華歇驚心歲月更豈能

終已矣長此作村氓

中秋寄心蘭盟姊

憶昔同遷謫沉淪隔數塵三生留契合此日又相親握手談疏闊持杯話苦辛快吟秋夜月遊賞錦城春劍影芙蓉豔歌聲楊柳新任教時俗惡惟取性情眞消瘦憐君病焦勞歎我貧飢驅巴子國禳乞玉虛神漫惜窮無告誰憐命不辰一枝棲閬苑萬里沒靈椿鴻案偕仙侶蠶叢別故人載歸桑梓里旋迴虎狼秦憤欲呼天問愁難特地陳綿綿思遠道忽忽到佳辰皓魄當頭滿淸輝入夢頻闌干紅淚溼想像翠眉顰寥落懷諸妹笙歌厭比鄰使來詢近況書去溯前因草伍成先識花魁定絕倫如何今古恨偏賦女兒身

歲寒堂詩集卷二中編

奉化王慕蘭著

七律

無題

自是癡情倍可憐愁紅怨紫過年年願如精衛平塡海安得媧皇再補天花爲落多成瘦損月於缺處是團圓臨風洒盡辛酸淚擬結來生未了緣

脉脉盈盈暗莫通鬱金堂後繡屛中漫搵翠袖添沈水微露香尖剗嫩葱畫出鴛鴦眞密友品來蝴蝶是情蟲櫻桃花下無人處自搯檀痕教小紅

薄命曲

颯颯秋風拂樹枝凄迷雲物動鄉思衣裳已綻愁何補機杼無功拙可知羞傍朱門壓金線懶從鸞鏡畫蛾眉古今此恨人人有獨立蒼茫自咏詩

手把菱花鏡自看駐顔何處乞金丹空從苜蓿謀朝食惟有梅花耐歲寒情好豈因新舊異窮愁愈覺別離難蕭蕭落葉催庭樹綠綺生塵不忍彈

瓶梅

拂拭琴書絶點塵小齋清供一枝新近承色笑親如友洗盡鉛華澹若人與子同心盟止水爲卿雅量善留春小孤山下風霜苦且向螢

窗寄此身

秋日山居

飄零琴劍寄天涯小住山村景物賒萬个綠圍君子竹一簾紅約女兒花生成薄命愁何益慮度韶光歲又加惟有鄙懷欣慰處晴牕課子學塗鴉

秋海棠

絕代風流殿晚芳一叢占斷好秋光啼痕重疊郎情薄翠袖單寒妾意傷生不逢時霜露候處非其地砌階旁早知才色爲人累應共蓬麻老是鄉

偶儉故紙得前送三妹小詞悲而賦此

記得悲歌送遠人駸駸二十九回春結褵爾賦於歸日托鉢吾爲無告民（時先父逝世）偶檢殘編猶似昨可憐玉骨已成塵坡翁誓語君知否再結來生未了因

弔義婦項夫人

燕氛動地失金川凶聞傳來禍恐延焚譜從容新婦手匿孤辛苦老奴肩身拚糜爛五刑毒死忍須臾九族全能使忠臣緜世澤馨香俎豆合居先

徒死無從救國亡方黃遺恨失提防赤心相與籌無策紅粉生來智有囊但使孤雛能幸免任加炮烙亦甘嘗如何謀慮深如許不把先幾示小郎

九日登高

登高此日愛晴光風景蕭森憶故鄉顧影差看蓬鬢白持杯喜對菊花黃葉凋叢木明山態潮落長江臥野航安得插萸人盡在樽前醉倒亦無妨

題嶺徐六景

外山竹月

待到深山月上時娟娟翠竹倍生姿空明一片高難掇寒碧千竿俗可醫素影慢搖金鎖碎清歌吹徹玉參差姮娥只許湘妃伴永誓同心不相離

界嶺松風

密排嶺面翠重重誰植叅天百尺松露冷高枝巢鸛鶴風來萬谷奏笙鐘扶搖拂地疑從虎夭矯挐雲欲化龍一曲瑤琴彈古調泠然餘響聽錚鏦

帶水橋橫

渾疑虹影挂山腰略約橫斜去路遙近接盈盈衣帶水遠通隱隱赤欄橋玉人前後空相憶牛女逢時恨未消郤羨淩雲題柱客壯懷傳說到今朝

雲居煙繞

一脉分來鷲嶺孫天花散去迹猶存莊嚴相現雲中寺簡樸風留山下村鐘磬寂時初入定旃檀聚處靜忘言遙觀墟裏炊煙起粥粥木

魚深閉門

尖峯觀海

欲豁塵煩洗客襟苕蕘且試一登臨致身已覺衆山小放眼方知滄海深滾滾朝宗猶有意滔滔濟世豈無心茫然四顧頻搔首忍使神州付陸沈

坪頂棲仙

誰道神仙不可逢試來洞室訪遺蹤壺中天地行無礙世外田園樂自供蕙帳空懸秋月冷桃花新浥露華濃風塵困苦勞筋骨欲乞金丹駐小容

冬至遇雪

銀海蒼茫霽色開繽紛六出送春來衝寒惟有梅花傲覓句慚無柳絮才雲物不隨人事改鄉思頻見鬢毛摧呼童掃取烹新茗領略寒香入酒杯

遊中塔禮松秀禪師

昔遊繡佛早參禪今日親遊兜率天無我深知方外樂憑誰喚醒塔中仙盈盈功水心同潔靄靄檀雲俗盡捐歷遍人間多少事欲來蓮座問前緣

芹泥香燕嘴

流麗偏聞軟語商雙飛旖旎一春忙啄來芹徑泥猶潤啣入新巢嘴亦香困頓花梢同蝶夢綢繆牖戶擬蜂房相依幸有芝蘭室不使纖

塵汚畫梁

蝶去尋花作睡鄉

姹紫嫣紅春晝長翩翻飛舞入花房欲求棲止成春夢先覓溫柔作睡鄉往事凄凉悲艷質前身夙致憶蒙莊幾回栩栩初醒處應笑黃蜂釀蜜忙

楊秀菊女史輓詞

要得名香肯亦香紅顏偏具烈心腸遲君半日甘同死免我終身悼未亡碧落無情春寂寞黃泉有伴月凄凉掌書仙子修文史攜手同歸極樂鄉

善哭人間莫過余又揮淚哭女相如未能燕寢占熊夢翻向泉臺挽

鹿車同穴不忘偕老願修文共草上清書浩然正氣應無盡化作鶼鶼恨有餘

雪梅

鏤冰刻玉吐芳芬世外仙姿迥不羣清淺池塘飛柳絮黃昏院落悞梨雲洗除粉黛應無侶領袖花胄獨有君日暮橫斜修竹裏澹妝相對杳難分

風蘭

空谷悠然顧影孤欲如避世欲仙乎芬芳竟體香逾遠風露清愁俗自無好與故人同臭味羞隨草伍共榮枯一從筆削尊王後方信天姿與衆殊

雲竹

爲愛娟娟綠抱村和雲移得舊龍孫清宵枕上風傳響潑墨窗前月寫魂君本虛心忘肉味人垂翠袖拭啼痕歲寒又見梅花潑應解同盟笑語溫

霜菊

天意留君晚圃芳數枝冷落飽經霜耐寒雪裏憐梅瘦顧影風前有竹香九日雨開高士淚一時花秀美人妝笑他桃李穠如錦萎紫嫣紅送夕陽

除夕

雨雪霏霏歲暮時自憐雙鬢已成絲慣嘗世味如鷄肋未盡名心說

豹皮恩怨苦爭徒齒冷離情蘊結費神思庭梅不管人間事又放垂垂白玉枝

九日書懷

秋色蕭條客思新風風雨雨逼良辰非甘雞肋求餘味惟恐豬肝累故人天外雁傳寒露信籬邊菊笑苦吟身年年拚醉茱萸會無奈登高悵出神

徙倚東籬有所思滿城風雨阻吟期人難諧俗悲秋暮菊傲羣芳出世遲伏櫪不忘千里志盟心惟有一燈知邇來憔悴同花瘦欲遣愁懷且賦詩

咏菊

修到梅花是幾生孤芳自賞不如卿屈原採食憐同調陶令歸來憶舊盟三徑秋深甘冷落半鈎月照倍凄清挑燈欲續閒情賦一枕西風夢未成

和鍾英 倒疊前韵

珍重緘封即事詩此中况味寸心知停雲落月情應共白雪陽春和轉遲蒿目每因新世感植身願與古人期年來甚盼梅多子嶺上花開慰遠思

懷九宜樓舊居有感

萬竹村居日繫懷九宜閣是讀書齋巢傾畫棟空完卵草長平臺憶斷釵片石難將天是補百憂無復地堪埋不隨人事滄桑感一樹婆

娑舊日槐

滿城秋雨濕窗紗客感茫茫百事嗟憔悴梅花空有影飄零萍草等無家凝心香炷三生願搔首霜飛兩鬢華書館蕭條佳節近且看籬菊絢晴霞

回首凄涼轉燭還誰將此意問蒼天中郎有女悲詩識伯道無兒守墓田異地湖山增感慨九泉骨肉自團圓黃花晚節香仍在心事還期啟後賢

有所見 錄一首

漠漠陰雲黯澹天支頤無語小窗前貯嬌空有黃金屋流水徒悲錦瑟年不信桃僵甘李代可曾藕斷尚絲連落紅滿地春光老燕子飛

來亦惘然

送北伐女國民軍

文明禹奠舊山川誤盡腥羶二百年巾幗同心驅薊北義旗指日勒燕然微如精衛猶塡海竊比媧皇欲補天莫笑紅顏柔弱質女民軍已奮先鞭

孫母袁太夫人輓詞

追思慈愛益凄然曾許分甘倚膝前鶴算遐齡開八秩熊丸懿訓擬三遷星輝寶婺宵留影爐爇旃檀日裊煙如此因緣知證果不生西土即生天

纔過元宵慶壽辰那堪笙鶴棄凡塵長承色笑悲無日累祝心香鬧

有鄰天上應同觀自在人間難得再來春要知桂子蘭孫盛報慰泉臺樂意眞

九日登高

客中七度遇重陽僕僕風塵爲底忙民智未開深抱愧世情如此獨增傷錦溪水色縈衣帶玉几山容作靚妝莫向筵前嗟老大菊花笑揷滿頭黃

對菊

萬木蕭條芳景闌東籬又見菊花團生成傲骨惟求淡抱得冬心獨耐寒只許我爲塵外友更無人起月中看是眞本色誰能識爭買胭脂畫牡丹

壽孫鐵仙先生五十

憶昔華堂祝壽辰，駸駸歲月十回春。占來玉樹長輝萼，修到金剛不壞身。室有琴書洵可樂，徑存松菊未全貧。試思四十九年事，滄海桑田幾度新。

百齡琴瑟慶齊眉，大婦和觴小婦隨。世事紊絲無可理，人生行樂復何時。消除塊壘惟宜酒，判斷風光且賦詩。自是延齡誇妙術，霜痕不許上吟髭。

吳江春色是怡情，十載淹留記盛名。宦味嘗來如雪淡，臣心自誓若冰清。德門靈秀鍾嬌女，經世文章有老兄。聞道寶山分一席，笑君仍是舊書生。

醉筆揮成錦繡篇洛陽紙價又爭傳陽春白雪高難和酒國詞場夙有緣願與與公同隱逸本來梅福是神仙斑衣繞膝慈親笑又見文孫舞膝前

西施祠

苧蘿村是舊家鄉尚有荒祠映夕陽兩字石題名士筆一潭水照美人妝蕪言恍惚鴟夷舸蔓草迷離響屧廊早把屬鏤誅宰嚭治吳奇策亦平常

和周筱雲先生重陽游封山寺因感戊申歲孫蕭諸君九日聯吟事仍用原韻之作

佳辰挈伴喜登高塔勢巍峨倚碧霄滿地黄花秋正好入門古佛笑

相邀烟籠翠竹通幽徑風度疎鐘候暮潮俯視下方人一切不禁塵
慮斗然消
紆縈石徑傍經樓選勝尋幽到上頭異地風光增感慨鄰封時事任
沈浮我慚儉腹無佳句君放豪吟續舊游囑付山僧勤護惜淋漓醉
筆壁間留
學生孫津環赴日本結婚詩以送行
青鳥傳來報好音鵲橋高駕五雲深七襄錦織芙蓉褥百合香熏翡
翠衾攜手不禁歡喜淚扶輿無奈别離心莫忘寄我數行字須信平
安抵萬金
彩鸞端合配文仙東渡扶桑别有天繡口雄譚兵法暢玉臺新詠筆

花妍初離雁侶懷江浙重認鴻泥記蜀川自是三生曾訂約纔成美滿意中緣

寶炬光華賀館甥果然玉潤對冰清梅花香動横斜影荇菜歌傳窈窕聲萬里雲程新發軔七千書卷舊知名喜看日暖春堂候比翼雙飛海國程

照人肝膽本天眞異姓渾如骨肉親鴻案相莊宜敬愼雞林求學貴精純與吾再面知何日祝爾同心到百春莫怪老人多感觸抬頭見日便凝神

黄菊

霜風幾度到重陽又見東籬菊蕊黄傲骨却嫌金屋貯冷容空使蜜

官忙生成佳色秋光淡抱得檀心晚節香不惜歸來滿頭插和陶新咏惜餘芳

白菊

桃李繁華已不存獨留素艷伴詩魂采來盈把人同瘦淡到無言品自尊三徑秋深霜有信一籬香冷月留痕白衣笑傲林泉樂偕隱惟吾與爾論

秋柳

泣露啼烟萬縷絲樹猶如此怨芳時風塵澒洞慵開眼睡態朦朧懶畫眉應爲別多生意蕭却因懷遠寄書遲曲江舊地今何似一種蕭條感慨之

如雪花飛已化蘋莫將絮果證前因聊憑玉笛傳愁思無復流鶯作比鄰張緒別來憐瘦損徐娘老去尚丰神渭城暮雨青青色猶記悲歌贈遠人

婀態輕盈憶漢宮長條拂地淡烟籠久經離別章臺畔一種悲涼夕照中青眼有誰憐暮境瘦腰無力舞西風回思旖旎春光裏曾伴桃花映面紅

六朝金粉更無痕空憶春深白下門寒碧淒迷芳草地疎黃掩映夕陽村玉關遠去家何在故壘依稀迹尚存最是曉風殘月際令人回首一消魂

壽孫詩蜾先生六十

兒能承業女宜家蔗境如君樂事賒秋色平分金粟界春風長護紫荆花遐齡喜有齊眉慶荒政猶聞衆口誇我是十年門館客敢將壽語祝無涯

事父情移到北堂衣甘蘆絮孝名揚銅盤愛姪恩偏重布素持身儉不忘鍾自地靈仁者壽得於天厚健而康姮娥早送如眉月照入芳筵佐彩觴

修來鶴骨最宜秋弧旦高懸甲正周擘畫商情爭衆望振興女學占先籌花開度索桃初熟杯泛葡萄酒共酬海內已更新氣象計然應更展經猷

締交四海盡英賢寧待蕪詞一再宣鶴算於今逢耳順龍逢自昔紹

心傳金融界羨鴟夷子玉立人欣魯仲連從此仗鄉登仗國年年桂

醑足陶然

消息盈虚善指迷聲名洋溢甬東西欣逢甲子年初足不守庚申福

也齊頌獻椒花憐幼婦身甘荆布仰萊妻而今表聖願專美訣墓詩

文自品題

人傑由來本地靈仁湖重見少微星愛詩若命能操鑑與酒無緣且

獨醒肯植書香心自苦每逢佳士眼垂青早鐫功德在人口何用先

題瘞玉銘

六十杖鄉古所云登堂趨賀友如雲浮生如寄原無據習俗難移莫

厭聞待覓牛眠藏蜕骨早稱鶴立出雞羣淵明曠達林逋逸自壽詩

爲自輓文

修短榮枯一例看，隨緣到處可相安。佳兒能繼箕裘業，嬌女能承色
笑歡。過去光陰如逝水，再來歲月勉加餐。我今滌筆無塵垢，不買胭
脂畫牡丹。

和書城將赴熱河留别同人之作

一曲陽關感慨深，池塘春草夢重尋。要爲當世奇男子，莫忘寒牕素
日心。回首燕臺牽别恨，何時雁足寄佳音。衰年自覺離情重，欲和新
詩直到今。

投筆從戎意若何，活人活國本同科。精深曾飲上池水，慷慨還吟出
塞歌。月照故宮風景異，夢回客枕淚痕多。甘酸苦味君嘗遍，莫使霜

催兩鬢皤

和八三居士悼亡

相莊鴻案說無違摎木深恩世所稀織素最工文字錦開箱怕見鏤金衣枉將清淚風前灑未必香魂月下歸記得彌留哀痛語莫將凶問報庭幃

陰雲漠漠奈何天縱不悲秋亦黯然執手竟違偕老願凝心猶想再生緣香消寶鼎空留篆玉碎吳宮已化烟回首前塵成逝水繐帷岑寂夜如年

何事曇花一現空錯教人怨五更風分明神女歸巫峽惆悵嫦娥返月宮未許鴛鴦同命鳥怕聽蟋蟀可憐蟲愁來處處增傷感露冷蓮

房墜粉紅

鳳去臺空自可悲臨風猶想瘦腰肢卿如倩女魂難返儂是潘郎鬢有絲節儉持家誇健婦溫恭逮下護嬰兒當頭又見團圓月何事情懷異往時

題剡川八景

昇綱仙蹟

劉綱夫婦此修仙金竈丹爐尚宛然山色不隨人事改桃花猶似舊時妍四明素著眞靈境九曲曾題小洞天聞道餐霞能返老誓拋塵網習延年

廣積禪燈

塵世休嗟黑暗深智燈朗照古叢林參來廣大無邊法悟到光明不染心一穗珠旒垂寶蕊有時鐘磬發清音白毫宛轉琉璃相未許罡風入夜侵

杏潭印月

舊遊勝地憶西湖月點波心若畫圖十里紅雲花正鬧一潭碧玉水平鋪化身坡老歸何處照影嫦娥見也無靜夜詳觀聊想像赤瑛盤裏捧明珠

棣崗插雲

崗巒往復斷猶連高插雲霄勢凜然兀立孤峯能障日削成翠嶂欲摩天棣華穠豔堪娛目古樹婆娑不計年放眼試觀千里外海天一

色望無邊

鳧渚朝烟

遙望非烟却似煙依依搖曳曉風前鷺汀蟹舍通幽徑紅蓼白蘋少俗緣幾處餉耕炊餅餌誰家煮繭足絲棉老翁稚子眞無事高話羲皇釣石邊

雁山夕照

秋色蒼茫隱翠微滿山紅葉映斜暉峯名回雁由來久地隔衡陽往事非非自愛書空排筆陣可能繫足寄征衣縱教晚景黃昏近圖畫天然識者稀

紫荊晴嵐

葱葱鬱鬱嘆佳哉旭日光搖錦嶂開重疊翠嵐成彩色有無紫氣抄本氣作色字瘦石謹按色字重見似用氣字爲妥自東來臨風欲作傾城笑拔地還推造物才險要可能同大別感時撫事一低徊

黃嶷積雪

天工玉戲遍嶙峋照眼寒光景又新高士探梅饒雅興老僧掃石倚吟身沉沉睡醒遊仙夢片片花飛大地春試問九嶷秋色裏何如此處絕凡塵

憤時

自入秋來百慮煎天災人禍迭相尋驚心東省居封豕回首西川泣杜鵑大陸已沈空抱恨上方欲借恨無權幾番顧影頻搔首白髮何

由再少時

塞鴻初至雁將歸如約流光不暫違斫地有歌空洒淚賑抄本賑作賬瘦石謙按賬字無解恐係賑字之誤民無術可療飢人情冷暖抄本作寂寞同雲薄病骨支離笑鶴肥欲覓桃源何處是烟波浩蕩路依稀

慕蘭老矣辭職歸去十餘年淹留此地一旦言別何可無辭抄本作何以言別爰賦二律

人生七十古來稀自惜龍鍾氣力微數載淹留何忍別一身關係不如歸已看高嶺梅花放更畏長途雨雪霏最是離亭分手處盈眶熱淚盡沾衣

雪冷風寒逼歲闌思量一度一辛酸去違知己情原薄回念諸生別

更難大局支持宜努力此身珍重勉加餐山中不似桃源隔常把音
書說近安
過周嘯雲先生城北開外草廬
種得閑閑十畝桑勤求農事樂羲皇會心默領閒中趣知足何求肘
後方擊節高歌邀友和扶笻無語看人忙年年佳節重陽日兩醉高
廬菊圃旁

歲寒堂詩集卷一下編

奉化王慕蘭著

五絶

即事

春日日初長風景最堪賞閒庭寂無人燕蹴簾鈎響

春曉

百鳥爭鳴處欣然報早春聲聲啼不住喚起曉妝人

蝶板

欲唱春光好新聲蝶戀花翩翾雙翼舞渾似拍紅牙

重過張氏妹家值上坟

兒女上新墳傷心爾可聞白頭阿姊在忍使賦離羣

作嫁來寧邑相依只半年別離多少恨細訴不成眠

分袂余心苦牽衣爾淚漣丁寧春二月來醉合歡筵

一別無多日飛函報病危相逢無一語惟有淚珠垂

伴爾深宵坐懨懨壓繡衾同懷如一體何忍聽呻吟

重到消魂地傷心淚暗彈几筵猶伴我雖死作生看

淒絕橫山路寒鴉噪夕陽夜臺誰作伴惹我九迴腸

憶孫蕙貞中英

一種縈心曲明知不是愁滔滔如逝水何日始能休

冷露侵羅袂深宵怯倚欄玉人何處去對月淚頻彈

不是天涯隔相違日最多納凉聯句在時復一吟哦

舊好人仍聚晨昏笑語時愛而偏不見無處不相思

書懷

國家多難日鄉里久離時百慮知無益空教兩鬢絲

夜讀列女傳有感

剪燭初開卷分明見古人敗帷瓦燈句儂見過來身

閒吟

鎮日養天機俗塵無一點牆高不見人時復聞桑剪

吳芝瑛詩集　第二編

歲寒堂詩集卷二下編

奉化王慕蘭著

七絕

哭母

顧復深恩十五年茫茫一別赴重泉傷心最是懷中弟低說阿娘猶熟睡

重幃猶自怯風寒蕭寺凄涼諒更難寫得斷腸書一紙憑誰寄去問平安

黃泉路杳有誰知沈痛年來未細思思到痴時還自問果然無意念孩兒

愁長愁短果如何但見年華電影過濮院羅衫親手製只今留得淚痕多

偶成

湘簾影動午晴初小鼎香焚細縷舒燕子歸來人睡起落花堆裏看殘書

獨秀峯

崔巍聳立碧雲端空翠淒迷照眼寒潮打浪推俱不怕挺然獨自壓狂瀾

秋夜

一聲雁唳報新秋萬木淒淒翠影收黃菊可憐憔悴積惜花有蝶繞

離愁

父親壽日

燕寢凝香凍蕊開邊氛不起早春回梅花諒識兒家意倩上南山酒
一杯

劍氣力光虎帳前貔貅成列祝遐年峨嵋今夜千秋月朗照槐堂分
外圓（誕日在冬月十六日）

和咏昭君

黏天白草愴離魂除却琵琶孰共論回憶漢宮驚別處不和戎去是
辜恩

胡兒策馬慢相催隴月秦雲處處哀一任玉門牢鎖鑰夢魂也要入

闕來

抱得琵琶不忍彈千行紅淚濕雕鞍後宮尚有如花女惟乞君王著意看

遣悶

自笑行藏拙似鳩膝前無計解親憂痴心慣作非非想願把蛾眉換虎頭

還鄉雜錄

碧紗窗外雨如絲撩亂愁懷正此時貪睡小鬟呼不醒挑燈起作送春詩

疾聲叫破九重雲好把窮愁訴帝閽二十二年成底事回鄉惟帶病

三分

塔尖遙認故鄉城水送山迎亦有情廿載歸來人不識漠然相對似
前生

寄外

家書欲作復沈吟寸楮難傳兩地心我所欲言應解得不須絮絮託
霜禽

朔風獵獵捲簾衣蕙柱燒殘香篆微閒坐小窗評藥性宜人端的是
當歸

關塞迢遙路幾千瓊瑤遍地雪花天寄將信字須知意莫使春歸在
客先

寄四妹嘉生

侍親同作掌中珍何事生來命不辰妹悼未亡儂乞米算來俱是不如人

鸞飄鳳泊各西東雖是生離死別同早識紅顏俱薄命問天何事賦顏紅

遣愁懷 悼女琳仙

怕生常在母懷藏入眼嬌容欲斷腸聞道九泉無熟識問兒何事不還鄉

秋夜

深宵風雨恨無涯骨肉流離萬里家曉起不堪持鏡照比來消瘦甚

黃花

解嘲

秋菊春蘭各有時多情莫唱惱公詞碧紗窗下渾無事閑詠周南樛

木篇

自疑自問自驚心追古何妨獨步今消受南窗香一炷愔愔更奏七

絃琴

紀夢

夢入家山帶日行覺來記憶不分明依稀何事關情甚怕聽慈烏哺

子聲

回家作

筍輿過嶺去如飛遙望家山已得歸更有離懷欣慰處候門穉子解牽衣

栖遲一載未能歸空向家函說久違人月雙圓相見候沈郎消瘦不勝衣

誓墓

攜得孤兒賦遠遊淚痕和血不停流良人泉下休痴想世上幾人孫仲謀

黑雲如墨雨聲稠似助離人分外愁揮淚一時儂別去何年重與拜松楸

春寒

輕寒料峭雨連緜，暖倚薰爐厚擁氈。祇爲心如冰雪冷，不知時近熟梅天。

失竊後親友慰問賦此解嘲

驪龍睡起明珠失，神物難藏人亦然。卻笑癡兒能慰我，相留詫有舊青氈。

空空妙手捷如神，胠篋偏尋落魄人。要與兩間擔正氣，何妨困苦累吾身。

向紅花

花花相對葉相當，綠掩紅遮倚短牆。三日客遊歸乍見，亭亭玉立與人長。

喜晤雲亭二弟又言別

天涯同作倦遊人客邸相逢話苦辛離合悲歡皆此夕金樽莫厭倒頻頻

南北東西慨久違雁行何忍再分飛此心願託清溪水一路潺湲送汝歸

哀毛生 姪壻毛生死於盜賊

綠林豪客遠相尋昏夜何堪矢石侵頃刻弟亡兄折股世間招禍是黃金

呼號慘迫鬧東鄰忿氣塡胸怒目嗔一任牽衣兒女哭爲兄情切豈知身

肢骸狼藉血沾衣欲認還愁是也非記得畫眉拈筆手螺紋十指尚依稀（寶蘭姪女以一手認夫屍）

慷慨捐軀死戰場昭忠祠裏姓名香如何奮爲阿兄死湮沒無人一表揚

花樹書館雜咏（三首錄一）

朱門十載厭奢華今歲來依野老家一點紅塵飛不到伴儂惟有素馨花

赴大公嚳回望鹿頸峯

落拓江湖歷數秋飢驅何日始能休青山見我應相笑琴劍蕭然又遠遊

題女子世界

大（抄本作木字）廈原非一木支平權尚有可爲時煉將彩石天能補漫惜媧皇是女兒

憶學生孫蕙貞

小別明知即日回離情無那遣難開清風忽捲湘簾起疑是盈盈問字來

聞義和團事

國是何堪託鬼神一時冒昧誤君親私心用盡無終局如此江山幾送人

題曉妝圖

靜對菱花若有思梳雲掠月意遲遲自憐絶代好顔色懶把眉痕畫入時

懷成都宋文憲公祠

梨花街裏往來稠三十年前春復秋咫尺宋公初不識笑儂枉作錦城遊

山莊

花壓茅檐柳拂堤短籬曲折粉牆低流鶯也愛山家好飛入園林宛轉啼

蠶婦

青青桑葉滿筠籃眠一眠三素所諳安得兒家繭加甕會邀坡老祝

宜蠶

佛桑果盡樹陰斜蠶事而今十倍加笑我書牕無一事琅琅終日聽絲車

靈峯竹枝詞

善男信女矢誠心賈勇同登七寶林都道仙人餘妙術年年點石盡成金

輿馬紛紛遠進香趨迎承給寺僧忙慈悲佛喜人爲善富貴人家降百祥

跋涉誰憐力不堪黃金滿地合虔參仙翁一笑如將語知否嗔癡首戒貪

有感

欲報提攜顧復恩椎牛恨不逮生存誠知此憾人人有淚灑芸編盡血痕

落花

萎紫焉紅倚夕陽縱然憔悴尚留香天生麗質宜珍惜切莫隨風亂出牆

輓惠興女士

陰慘陽舒嘆不均平權男女願同新誓將一死開民智試問鬚眉有幾人

遺文讀罷不勝悲同病相憐信有之我欲連山開女學一腔熱血有

誰知

春遊醉歸

杏花微雨潤春衫拾翠歸來酒半酣忽見去年雙燕子隨人依舊入湘簾

憶舊

鴻來燕去各西東積思成痴入夢中最是惹人思憶處唾絨留得一絲紅

踏青

偶攜女伴踏青歸緩步相隨燕子飛笑向百花深處去花前小立當薰衣

嫩草如秧不整齊長堤緩步聽鶯啼韶光如畫無從畫拈得春遊信筆題

層層樓閣萬千家小艇無人泊淺沙縱目歸來無事事自盛泉水試新茶

三月十八日泛舟至利川埠

輕舟緩緩泛晴波水態山容畫裏過不是君家也應住碧桃紅杏就中多

惜春無計破春愁擊楫中流亦壯遊多謝主人遙指點湖山勝處可停舟

山莊

花拂茅簷柳拂堤踈籬曲折粉牆低流鶯也愛山家好飛入園林宛轉啼

春寒即事

連朝細雨作春寒簾外花枝强半殘寄語東風且莫去爲儂留得一枝看

繡球花

玉樣玲瓏雪樣柔小名台喚水晶毬落英偶逐微風起疑是梅花在隴頭

三月晦日送春

共惜韶華怨落暉花容消瘦柳依依與君今夜都無睡留住春光緩

緩歸

秋日野望

秋容慘澹冷江楓一一歸來塞外鴻詞客莫嫌行路遠青山紅樹畫圖中

夢先母

頻年無復見慈帷今夕牽衣喜不支夢裏不知身是夢膝前依舊作嬌痴

偶成

鎮日垂簾一事無澆花澆竹淡工夫此情莫與他人說只恐清閒也似吾

對月

夜深月色倍相親花氣迷濛暗襲人坐久不知清露重小春時節暖如春

冬夜

娟娟梅月破黃昏搔首躊躇孰共論遍地哀鴻情慘切阿誰憐念返春溫

熒熒如豆一燈孤靜聽敲窗雪片粗羅綺叢中歌舞伴不知深夜畏寒無

即事

相逢即解意相親應是來生未了因怪道黃花憔悴甚捲簾不見素

心人

詠雪寄蕙貞

皎潔晴光射兩眸禦寒幸有舊貂裘誰言山是無情物一夜離愁也白頭

雪珠

漸覺清寒透薄襦推牕惟見白模糊麻姑藥與風姨戲拋擲珊珊一斛珠

同舍

三載身居錦繡堆笑攜琴劍賦歸來老梅有意含葩等不遇故人不肯開

人日

連朝雨雪閟晴光春日陽和頓異常彩勝鬧枝簪白髮老人笑學小年妝

風箏

忽爾清聲響自天彩繩搖曳綠楊烟錯教少婦樓頭望疑是音書寄日邊

花瓶

秋水同心不受塵小名應錫善留春只因雅量能容物惹得名花盡寄身

即事

別離情緒苦淒迷擘得殘箋信筆題滿地落花春不管營巢燕子啄香泥

新燕

春到江南燕子歸往來花徑故飛飛主人恩重重棲止大厦如雲誓不依

題飢民圖

鳩形鵠面首飛蓬一息如絲道路中安得畫工知此意爲儂寫入御屏風

奇災誰意歲頻荒飄泊無依骨肉亡眞個炊骸易子食吾人何意飫膏粱

春曉微雨

如煙微雨曉雲陰嬌鳥枝頭作好音惆悵封姨惡作劇落花滿地已深深

得家書

日望鱗鴻寄好音背無人處百憂侵開函先覓平安字纔信家書抵萬金

詠瓶中梔子花

襲人芳馥最清幽香國應推第一籌移伴蕭齋嫌不稱悄然憔悴日低頭

喜孫念祖彌月

湯餅筵開喜莫支廿年前事尙堪思投懷喜弄嬌孫笑宛似吾兒墮地時

悲秋

秋氣蕭森已可哀那堪風雨日相摧美人畢竟歸黃土空負天工縱逸才

凄凄切切草蟲鳴如向西風怨不平解得浮生皆夢幻悔從塵土苦爭名

中秋月

把酒高樓百慮寬莫辭風露夜深寒浮蹤自笑身如寄不識明年何處看

夜眺

高樓徙倚百憂生嘹唳孤鴻天外鳴遙望江邨圖畫裏蘆花深處一燈明

催菊

靈根一寸早栽培護暖噓寒若小孩佳節已看明日是此花猶未一枝開

九日有懷

採菊東籬有所思天高風急雁來時今朝佳節開筵處檢點茱萸多一枝喜添孫念祖也

每逢佳節動愁思記得離亭餞別時一別玉顏勞夢想菊花又放去

年枝

不堪香草美人思夢醒燈殘悵望時日向東籬閒倚立情懷潦倒憶瓊枝

折得黃花寄遠思痴情猶似少年時縱教老逼如霜鬢笑向樽前插數枝

寄蕙貞

雲山如故菊花新手把新花憶故人早識愛緣成別恨當時何似不相親

書窗即事

垂簾遠隔市聲嘩靜聽黃蜂鬧午衙滿地綠陰人不見篆烟一縷出

窓紗

靜邀月色上疎寮小鼎沈檀手自燒除却陰雲風雨夕一年幾度好良宵

約靜安弟來遊

東風用意釀寒梅欲倩寒香進一杯早起呼童掃花徑阿連曾約雪晴來

赴作新女校

不堪女界久沈淪有用都成無用人賢母令妻大事業要儂雙手作新民

維新藉作口頭禪言德容功孰細研洗盡鉛華還本色莫教錯認自

由權

有感

不栽桃杏種薔薇自是憐香作計非今日開來花似錦幾回刺眼復鈎衣

煙葉

小名曾記淡巴菰消遣閑愁勝酪奴但得芳香留齒頰何辭憔悴一身枯

寄題金華蔡二風先生祠二首

守土深慚食肉謀先生畢竟是清流井泉有幸埋忠骨一洗休文舊日羞

亂轍靡旗所過降明倫堂上記黔江忠魂招手憐同調國士而今竟有雙（黔江李廣文亦係辛酉就義明倫堂）

孫君玉仙再歸自蜀作五絕句以訊之

欲覓桃源可避秦七千里外再歸人家貧愧我無長物惟有新詩作洗塵

桑田滄海正塵揚（抄本作揚塵似出韵）何幸消風返故鄉一別三年重晤面鬢邊白髮各如霜

別有山陽鄰笛思倚閭懸望記當時母慈不改生存意應勝前番喜可知

時事而今劇堪傷看朱成碧勢倉黃東山請爲蒼生出大厦如傾要

棟梁

誤盡人心是自由天經地義一時休狂瀾已到誰能挽笑我徒爲漆室憂

感時

籬落梅開玉樹林巡檐相對一沈吟生成面目如冰雪珍惜何須屋是金

料峭寒先瘦骨知重重簾幙怯風吹祇今黑帝行冬令正是封姨得意時

痴心猶欲俟河清白髮盈頭志未平滿眼蕭條生意盡夕陽衰柳不勝情

空彈長鋏歎無魚，處世儂知百不如。檢點行裝歸去好，故人招隱有新書。

欲把家書仔細傳，知儂潦倒困青氈。氷天雪窖爲生計，磨鍊何須在暮年。

得孫蕙貞和詩再疊前韻

暮雲春樹久懷思，忽地瑤函入手時。不是前緣惟一面，鳳棲須得碧梧枝。

惟愛簪花墨迹新，風標重見衞夫人。但憑尺素傳衷曲，應勝無痕夢裏親。

回家弄孫喜作

記得呱呱墮地纔相逢今日笑顏開凝眸熟覩阿婆貌滿面風塵何處來

春日曉起

蒼茫曙色未明天花歛深房柳正眠只恐春光鳥啣去故抛香夢立階前

春日晏起

每因春燕動離愁憔悴紅顏變白頭從此花開花自落先生高臥不知憂

清明有感

此生能得幾清明花鳥相看倍有情滿眼春光圖畫裏倚欄無語聽

流鶯

爭惜韶光似水流每逢佳節動離愁笑他鄰女嬌憨甚嫩柳成圈插滿頭

四月初一日偶作

簾外殘紅作陣飛雨餘苔綠欲侵衣浮生日困書叢裏忘却春光昨夜歸

茶桶

最好春風啜茗時色香和味入肝脾除煩漫羨瓊漿滑醒睡微嫌火候遲

重遊中塔

浴佛良辰紺宇開登臨放眼出塵埃散花天女相迎笑前度劉郎今
又來
空明不許俗塵霑山作屏風水作簾洗却下方蔬筍氣又開蓮社約
陶潛
綠樹濃陰古佛堂頓消熱惱入清凉去年親見貓頭筍已放新梢出
粉牆
嘖嘖林中鳥哺兒塔鈴細語好風吹百千鐘樂同時作微妙音從今
日知
雲樹青蒼入畫圖再來人認舊精廬瓣香暗禱長眠佛身外浮名懺
得無

日色啣山促我回淸泉白石漫徘徊芬芳竟體栴檀氣知自蓮花世界來

接靜庵書有感

碧紗窗外聽瑤琴無限傷時出世心古調松風惟自愛更從何處覓知音

即景

閒尋老嫗破無聊春夢婆婆萬念消小院天然開畫本石榴花映綠芭蕉

暑假回家偶成

廿年奔走遍天涯回舍還疑不是家忘卻窗前松竹影錯教人拂滿

牀花

憶孫兒念祖

金錢散漫購新書人笑痴愚効五車家有嬌孫纔學步珍藏應亦不忘予

秋夜

秋風秋雨鬧今夕階下秋蟲聲轉急羈人倚枕不成眠起剔殘燈長太息

階下白鳳仙花盛開

一叢娟潔向深秋雪作精神月作儔洗去胭脂舊顏色端教素面擅風流

供桂

深黃淺白畫搜羅剪剪風來香最多擬作廣寒金粟界相宜端只少嫦娥

感秋

蕭瑟秋光已斷魂斜風細雨近黃昏黯然憶及孤舟別淚濕青衫舊日痕

重陽有感

記得親庭唱和時錦城秋色最堪思駸駸四十餘年過淚洒東籬菊蕊滋（先君從賊邊凱旋寓居錦城九日作詩兒輩和之）

想是山城得氣遲菊花猶未放新枝東籬獨耐風霜苦我亦同人不

合時

感懷

香銷紅瘦寂寥時一往情深獨爾思黃菊有情猶伴我東籬爭放最高枝

晚起對鏡

曉牕攬鏡却驚呼鏡裏阿誰識得無面目寒酸仍故我這般消瘦是新吾

春雨連宵覊人悶損感而作

九十春光强半過小窗猶自怯寒多園林未見花如錦雨雨風風奈若何

凄迷夜雨滴空階，無限愁情亂素懷。卻笑鄰家諸女伴，紅羅空繡踏青鞋。

春游

小舟目送萬山奔，水漲魚磯舊日痕。好是一宵風雨力，李花如雪滿前村。

綠野空濛眼界開，隨人惟有蝶飛來。低徊緩步穿芳徑，生怕鞋痕損綠苔。

聞子規

落紅如雨綠成團，得意黃蜂（抄本作蝶，似非）歷亂飛。人爲飢驅歸未得，杜鵑偏勸不如歸。

上巳

萬紫千紅鬧暮春朝來天氣又清新風光娛目仍如故無復蘭亭作序人

初七日先母忌辰

回首松楸不忍看荒榛蔓草石漫漫當年膝下承歡日上壽筵開賞牡丹

楊妃

玉碎香消悵倍長清歌無復舞霓裳不知世世生生約可有閒情憶壽王

公孫大娘舞劍

淋漓頓挫妙無倫劍器應推第一人子美詩章張旭草得卿相助倍精神

秋日遠望

金風乍拂覺輕寒露冷蓮房已半殘欲使眼中無俗地四山雲作畫圖看

喜雨

天心端的順民心纔苦亢陽便作霖漠漠陰雲三日雨一絲一滴比黃金

歡聲雷動四民心澤物蘇枯三日霖畢竟老龍神力大滿坑滿谷布黃金

送春

蔫紅萎紫涴香塵，爭惜嬌姿悵出神。白髮盈顛看老過，不知更送幾回春。

喜見祖孫

阿婆老矣孫黃口，家學相傳恐未能。但得含飴相聚樂，癡心惟祝假期增。

呢喃學語誦唐詩，明月松間照也知。解得重闈溫凊禮，烹茶自去拾松枝。

送別靜庵弟游學美國

收拾琴書賦遠游，驪歌聲裏桂枝秋。天公畢竟如人願，快意行來西

半球

我亦深懷祖國憂阿誰隻手挽狂流臨歧不作尋常別整頓乾坤待

爾謀

欲平胸內氣縱橫八月乘槎萬里行試唱新歌壯行色渡濤洶湧筆

端生

蒿目飢鴻一愴然阿連奮着祖生鞭莫嘲老大華胥國黃種而今盡

少年

保存國粹說南皮大厦何能一木支熱血滿腔新學士翩翩裘馬已

多時

瞬目駒光六十秋久將富貴等雲浮只餘結習難除盡又賦新詩送

遠游

晚膳後枯坐

領略清芬入肺脾菊花籬下坐多時雲山萬疊家何處滿目蒼茫動客思

秋思

蕭瑟西風撼井梧朝來落葉滿階除靑山紅樹如圖畫爭忍芸窗一句無

雲白山靑道路賒蒼茫何處是吾家雁過欲問家中事籬菊秋來可放花

客懷潦倒夢偏多得句還從枕上哦一穗靑燈光似豆靜聽冷雨滴

枯荷

送别

再進殷勤酒一樽依依相對黯消魂蘆花楓葉秋江冷淚濕青衫舊

日痕

秋雨

韶光容易又深秋王粲年來亦倦游四壁蟲聲連日雨不生愁處也

生愁

德政碑

道旁德政是何人保赤誠心牧我民不負斯言能有幾石碑爭及口

碑眞

宣統二年二月初六日試筆

亂山殘雪尚成堆連日晴和暖意回聽得一宵風信緊杏花應有幾枝開

花朝

陰雲漠漠雨如麻料峭春寒漸覺加誰道今年花事早花朝未見一枝花

春曉

游仙一枕夢初醒宛轉枝頭百鳥鳴應爲宵來風雨惡故將花事報先生

春草

三徑芊緜草不除要他嫩綠繞吾廬千紅萬紫飄零盡剩此微芳相共娛

送邑尊魏公

秋色蕭疏楓樹林陽關一曲欲沾襟臨歧莫悵輕離別宦海風波自古今

新政經營撫字勞割雞深惜用牛刀沈沈大陸誰援手從此哀鴻遍地號

邊氛鄰警日相催禦侮輕遺濟世才我欲披雲叩天閽幾時還我使君來

濁世須知直道難攀轅父老淚汍瀾深恩銘刻民心久數是仁湖第

一官
治安時勢簡賢能風骨稜稜俗所憎天意憐公才未展頭銜重錫一
條冰
時事思維我獨嗟蕭然琴鶴泛歸槎甘棠遺愛知何處試看文明一
縣花

時事吟

手把青絲落剪遲新愁舊恨繫人思蘘雲髮冢荒山裏誰奠凄涼酒
一卮
蟒玉端嚴國大臣威權烜赫勢無倫六龍何處蒙塵去不見臨危死
難人

聞大總統就職

天爲中華亦斬新嚴寒散去布陽春不辭額手馨香祝何幸共和到老身

萬點紅燈助月明歡呼聲裏祝昇平一陽初復逢登極還我山河錦繡成

大雪

一色光明畫不如天工有意換吾廬生前我是瑤臺伴應得瓊樓玉宇居

中秋感懷

高閣停杯待月臨清輝不使點雲侵如何一片團圓影散作懷人十

處心

風寒露重夜深時倚遍闌干有所思試問當頭明月色來年何處再相期

九月初三晚眺

層疊雲山一望中炊煙曖曖趁微風善摹清景香山句露似珍珠月似弓

除夕

一年又到歲除時送舊迎新亂若絲惟有老人無事事小齋呵凍改新詩

春雨

痴風苦雨釀春寒九十韶光已半闌門外落花深幾許阿儂不忍捲簾看

春日

徘徊三徑倦扶筇嘆息風光改舊容消得連朝風共雨殘紅飛舞綠陰濃

曾見翩翩燕子飛呢喃軟語傍簾衣主人情重原相識珍護香巢待爾歸

憤時

漢陽革故作新民風起雲從未浹旬不信山河如許大新亭對泣更無人

慷慨悲歌燕趙多而今壯氣漸消磨黃金橫帶人何在不及虞兮帳下歌

春思

落紅滿地又春深觸目韶光思不禁誰道東君能作主依然風雨洗園林

嫩草階前布綠茵風飄花片襯香塵年年未把春留住時節何勞作舊新

晝長人倦思沉沉枉却春風夏又臨重疊濕雲飛不起朦朧移作小窗陰

天容黯淡雨霏霏新綠成陰花蕊稀怨紫愁紅春欲去杜鵑猶自日

催歸

雨餘空翠上柴扉曉立閒階露未晞蝴蝶不知春已去依依猶繞落花飛

題畫

一灣流水兩三峯榆柳扶疎翠竹叢此是我家村舍景被誰寫入畫圖中

村居

四千年史盡番新恍惚渾疑夢未眞樵牧相逢偏問訊而今天子是何人

寄孫玉仙先生兼賀納寧姬

邊塞（抄本作藏）風雲日已非，錦城雖好不如歸。湖瀾同麓淸如許，除却與
公領略稀。

天然風致黛眉靑，合侍才人作小星。纔信有情成眷屬，早從文集喚
寧寧。

向平已了身無累，把酒看花樂有餘。森列瓊樓七千卷，掌書須得女
相如。

和陳健伯君梅花之作

銜寒踏遍玉嶙峋，世外仙姿不染塵。空谷暗香浮動處，夜來纔放一
枝新。　尋梅

移得羅浮異種來，水邊籬落荷鋤栽。願卿莫負辛勤意，先向百花頭

上開

種梅

遠道綿綿日費思臨風懷想歲寒姿江南春色君知否開遍南枝與北枝

贈梅

深夜巡簷致祝詞穠桃豔李競爭時願君小試和羹手莫負瓊林第一枝

祝梅

香國因緣一念差霜中雪裏作生涯是眞絕俗無雙品恰稱林逋處士家

品梅

嘗來世味太辛酸若個同君耐歲寒不向春風誇爛熳只因冰雪作心肝

問梅

雪堂月榭絕纖塵須倩寒梅點綴新繞屋垂垂三百樹何妨惠我一

枝春 乞梅

年來無意㖸尖叉日伴瓊林樂最賒自笑行藏清似鶴此生端合到梅花 伴梅

光復紀念有感

縱觀中外百憂侵遍地哀鴻慘不禁借問共和諸烈士幾時光復到人心

氾濫洪流平地生碧翁翁也太無情宵來四壁蟲鳴急疑是男啼女哭聲

壽陳母何夫人七十

繞膝孫曾樂事賒慈雲深護自由花駐顏素有長生術天上仙姑本

一家

藹然言笑意依依不信遐齡已古稀慷慨豪情如昔日揮金曾記解人圍

玉宇澄清寶婺明香花綺麗祝長生鄰家父老華筵醉猶說篝燈夜織情

寒牕機杼幾曾停昌大門閭聚德星林下清風能及遠浮花浪蕊亦冬青

竹枝詞

獨立旗揚頃刻間勤王誰復救時艱首陽薇蕨無多矣笑請夷齊早出山

取義成仁事已非翻雲覆雨任依違飢民不食周家粟爭向山中採蕨薇

法律新頒千百條絲分縷析若牛毛凜遵權守人無幾過眼雲烟等弁髦

爾詐我虞世態囂競爭無處不風潮而今不怕無常路聞説城隍已取消

泣血哀號請卹災慳囊那肯一爲開綠林豪傑齊收拾深悔當時不散財

共和何事不能和只爲金錢主義多聞説瓜分將實現利權還似此時歷

東蒙西藏日相侵誰復維持祖國心參議院中參議事香溫玉軟醉
銷金

中風白板正登場銀燭輝煌晝夜狂寄語人民休訴訟乃公符合更
匆忙

洞索紛紜名目多事無巨細盡消磨清流甘作猪奴戲縱有陶公奈
爾何

北望中原一愴神白衣蒼狗日翻新莊嚴璀璨中華國不識誰來作
主人

風雲險惡甚黃巾何處桃源可避秦莫笑新亭名士泣而今對泣更
無人

過桐照村

海天勝處絕塵埃此日登臨眼界開不畏深山風雪冷使君端爲訪梅來時陳健伯同行

水繞青山山繞村扶疎老樹綠侵門宮商有井無尋處梅鶴高風今尚存

海色山容一樣淸我來恰遇暮潮平任教取影吳生筆如此天然畫不成

喜雪

聽來一樣朔風吹寒擁重衾起最遲却羨小鬟能耐冷掃門花徑已多時

飄然無處不飛花歷亂因風整復斜自笑江郎才力減怕隨坡老咏尖叉

高初二級女生畢業遇雪

座上誰爲咏絮才與梅同占百花魁宵來瑞雪深三尺似爲諸生助興來

問春

碧桃含蕊柳垂絲錦繡園林二月時天地無私吾不信儂家庭院得春遲

端午

梅雨連緜五月秋羈人觸目盡生愁已拚沉醉酬佳節莫使榴花笑

白頭

口頭禪爲國家謀蠻觸相爭未肯休空對一庭萱草色那能解得杞人憂

夜涼

簟紋如水帳如烟助得清涼一枕眠笑問趨炎名利客何妨高卧盡天年

送鄔君歌雲之江

趁此春江好放船淡煙微雨杏花天他人無石能攻錯不爲葭莩亦黯然

楊柳青青動別愁數聲風笛送行舟滿門桃李纔舒蕚何事春光不

肯留

行盡青山漸入吳曉鐘聲裏認姑蘇當年西子勾留處綺麗風光似舊無

舊業蠶桑忽又新微君著手即成春莫愁前路無知己自有梅花作主人

送學生馮九如于歸 錄六首

走筆催成窈窕章娟妍風度性溫良平權莫染時新習最好規模有孟光

案南硯北久相依送汝宜家別繡幃記取二親勤訓誡祇恭夫子說無違

採花爲骨玉爲胎不露聰明已占魁要洗人間脂粉氣須知曾執教鞭來

十月陽和節小春芙蓉花遜玉顏新神仙眷屬文明世要作完全女國民

新月纖纖照碧紗吉祥雲護自由花莫言荊布無華飾惟有隨身書五車

職任蘋蘩重五倫三生石上結仙因我今囑爾無他語好把賢名慰二親

題書扇 錄二首

巧樣玲瓏說髮頭動搖竟體宛如秋而今莫慢愁捐棄爲有才人墨

妙留

珠圓玉潤十三行，點綴鴻溪素練光。莫向花前閒撲蝶，恐防零落墨痕香。

病中吟

揮去復來是病魔，鏡中衰狀近如何。老牛舐犢情無限，不使兒知日病多。

七十行看血氣衰，比來一病困難支。夜深倚枕無眠處，惟有尋詩最所宜。

本是支離多病身，奇寒壯熱損精神。怪他瘧鬼眞無奈，如此炎涼厄老人。

朦朧月照夜牕虛自惜精神漸不如却怪孔方兄太惡病中來下絕交書

有感

坡仙妙語表同情只爲聰明誤一生兒媳祇承弄孫樂此身所得是虛名

昔年曾向此園游十二闌干曲折修今日再來闌仆地倚闌人亦雪盈頭

咏鏡

一泓秋水淨無塵認我分明身外身直道世間惟剩爾妍媸從不面諛人

題半死堂

勝蹟曾聞活死人而今半死更番新堪悲濁世心全死何處能容不死身

哀江南

烽火迷天戰血紅民生十室九家空憑君莫說江南事一片荒涼瓦礫中

傷心一曲秣陵秋山自凄其水自流聞道六朝金粉地衹今惟見血髑髏

鏡潭

一水澄鮮瑟瑟秋當年美水照梳頭我來憑弔情無限恐有驚鴻豔

影留

七夕望雨

水涸源泉旱魃威，我知牛女亦依依。相逢惟說民生苦，不把尋常別淚揮。

送孫晉城北上

爭看鷹隼出風塵，玉宇秋高羽翮新。顧影自嗟霜鬢白，臨歧無奈暗傷神。

曾聞煉石補蒼天，欲挽頹風在少年。試展神奇醫國手，活人妙術本家傳。

醫國醫人本素心，莫爲兒女淚沾襟。好將小影珍藏篋，不使塵埃半

點侵

爲孫瘦石題落花蛺蝶圖

嫩綠成陰景又新落紅萬點涴香塵多情蛺蝶流連久似解春殘倍惜春

一幅新圖蝶戀花臨風栩栩弄天斜滕王妙筆傳神出夢醒浮生亦自嗟

花妥枝頭紅雨霏等閒又送一春歸青陵臺畔舊魂魄戀戀餘香不忍飛

如此風光寫出難慧心收拾入毫端比來無限傷春意留得韶華畫裏看

題無題詩稿

紫玉吳宮已化煙斷腸人對奈何天還將一掬傷心淚待種他生並蒂蓮

青衫紅袖總多情小立花前欲定盟十載揚州嗟落魄何期知已屬傾城

過後思量展轉悲春蠶未死尚牽絲東風落盡殷紅色早有傷心杜牧之

憂國靈均發憤詞美人香草寄遐思曉鐘聲度梅花帳正是春婆夢醒時

劍影書聲勵自修羞於人世作凡流一從滌筆冰壺後不寫癡情兒

女悲

學生俞月桂于歸

數年螢案久追隨臨别丁寧致訓詞此日蘋蘩肩婦職無違佳話説

齊眉

桃夭時節詠宜家春滿人間處處花料得劉郎有仙福不須洞口飯

胡麻

早致温家玉鏡臺深知林下有奇才頌椒詠絮尋常事曾向羣芳奪

錦來

流水同彈綠綺琴閨房靜好有知音回頭笑問瑤臺伴仙福何如豔

福深

題天放小影

注目亭亭玉立身雙眉祇爲國家顰呼童掃徑常相候好把離愁慰老身

時事而今不可爲江山如故國人非桃花源有新天地路隔仙凡識者希

晚眺偶成

徙倚柴門望落暉一孫扶我一牽衣暮年樂事無逾此底事依人久不歸

秋日雜咏

小立簷前送燕歸呢喃相對語依依囑君穩著凌風翼莫向雲程高

處飛
百結愁絲解不開無聊閒步立蒼苔抬頭問向天邊雁可有平安信
寄來
侵人料峭蓼花風散步長堤聽塞鴻一點孤燈明滅處不知時事祇
漁翁
悼孫女希祖
與爾相親無百日形容追想倍凄然一雙手製新鞋子囑使焚於小
墓田
日逗嬉游智識加牙牙學語解呼爺不知造物因何意幻此優曇短
命花

果然玉樹土中埋此恨終身遣不開惟有宵宵頻喚汝魂兮可向夢鄉來

披離黃菊逼秋殘獨坐西牕淚不乾三尺孤墳明月夜如何㝛耐五更寒

阿婆已屆古稀年人世應無幾載延地下相逢應有日暫時收我淚如泉

寒夜 錄一首

長至初過夜倍長盈盈大地月如霜捲簾欲共嫦娥語微覺梅花一縷香

回校宿長沼山家

暝色蒼茫月未升，奔波却似打包僧。疎林一點燈光露，知有人家在上層。

長至日

彤雲重疊雪模糊，新繡鴛鴦未竟圖。笑問香閨諸女伴，今朝一線得添無。

嘯雲先生倦勤頤養臨行誌別 錄四首

大寒時節雪飛花，別緒盈懷亂若麻。差幸依光同梓里，非關迢遞隔天涯。

蚌鷸相持戰氣昏，如棋時局不堪論。先生早識閒中趣，日向桐陰抱幼孫。

果然吾亦愛吾盧花木成行若畫圖擊缺唾壺搔白首可能有夢到澎湖

偶開菊社仰高風白雪陽春句最工閒外草廬遙在望不須辛苦寄詩筒

憑虛閣

憑虛高閣俯城闉野草閒花滿眼新寄語裙釵宜立志隔鄰祠有項夫人

寒食

拂面猶寒二月風落花如雪撲簾櫳如何客裏逢佳節一種鄉思歲歲同

七姊妹

開到庭前姊妹花相依相倚眩晴霞我今手足人何在獨立蒼茫恨轉加

杜鵑花

野芳亦復笑春風杜宇啼時花色同故國不堪回首望淚痕揮灑滿山紅

見採桑女有感

雲鬟蓬鬆十指皴攀枝摘葉細留神幾番辛苦方成繭寄語深閨衣錦人

題屏

莊嚴色相御袍黃仙露凊凝自在香不作嬌嬈兒女態天然風韻足稱王 牡丹

晚圃寒香莫道遲嬋娟自有傲霜枝可能許我爲同調花不能言意可知 菊花

幾度春風到杏花香生十里燦晴霞最能留住行人步紅鬧前邨賣酒家 杏花

玉樣玲瓏雪樣柔小名合喚水晶毬落英偶逐微風起疑是梅花在嶺頭 繡毬

石門竹枝詞 錄五首

山南山北竹嬋娟翠湧青園別有天兩兩三三荷鋤去歸來飽飯筍

羨鮮

曲曲灣灣石徑修重重疊疊盡田疇莫嫌卜築非平地猶有高居在上頭

隔岸人家若畫圖石門清景最難摹天然森列多奇石何必玲瓏説太湖

花謝殘紅立夏過新秧出水綠如莎扶犁耕罷山前後一片歡聲信口歌

新開學校聚兒童愛姆西皮字不同怪道村居無俗氣人家都在竹山中

書後偶成

相對庭前雨若絲揮毫一一寫離思書成剩有桃花紙似待吟成小樣詩

題閒外草廬詩稿

憂國心同杜老詩行間猶見淚痕滋閒來且作躬耕計十畝秦桑新種時

萬卷羅胸氣自華淸高端合友蓮花不辭入夜挑燈讀似有餘香繞齒牙

肉食何曾有遠謀惟將和議碎金甌澎湖往事從頭說猶爲當年將相羞

血腥猶染舊征袍曾向重洋試虎韜如此人才甘隱遯定知造化小

兒操

題養心軒詩稿

薔薇仙露襲人香浣手來吟錦繡章如飲醕醪心自醉分明程普服周郎

滿紙煙雲幼婦詞溫柔敦厚耐人思洩將造物神奇氣只在江郎筆一枝

養氣還宜先養心空靈不與世浮沈讀君詩句知君意未許塵埃半點侵

遠行游子忽驚心誰料萱幃二豎侵一氣相關感應速人間重又見曾參

讀罷新詩拜下風騷壇端的可稱雄滔滔舉世狂瀾倒賴此中流砥
柱同

作新高等畢業生繡屏作成績題四絕於上

春色暄妍春日遲偶拈針線課餘時笑他佳麗邯鄲女爭繡平原買
絲色

鴛鴦繡出請君看惟此金針度與難欲解精微神妙理先將秋水作
心肝

茜牕約伴理金針彩綫商量色淺深自是文明新藝術碧紗不去繡
觀音

花鳥翩然著色新繡針端的可稱神不須更乞天孫巧萬紫千紅總

是春

題繡屏 幷序

丁巳夏日課餘無事繡屏二幅及後天寒手凍女弟子孫自修丁文奎續成之亦師生一段佳話也

欲把金鍼度與人花花葉葉盡翻新他年話我平生事認取屏間手迹眞

而今衣鉢有人傳綫脚均匀著色鮮留與作新作佳話須知僊已古稀年

繡吳天放孫書城照相架

年來兩眼未曚曨勉力猶能事女紅知否老人有深意爲君先置碧紗籠

颯爽英姿兩少年皎如玉樹立風前從今相對忘言處一種情深出自然

周南廟別諸生

痛淚連緜若散珠傷心此後會時無恨無道子傳神筆來寫周南泣別圖

牽衣握手淚縱橫掩面相看盡失聲知我此行非得已豈同太上久忘情

嘯雲周老先生壽登八秩泮樂重游

熙朝人瑞魯靈光鶴髮童顏步履康泮水依然痕未滅世間幾度閱滄桑

大椿榮耀八千春翁始芳齡屆八旬攜得孫兒閒外樂（先生有閒外草廬別墅）是眞福地少紅塵

回首當年軍務勞（先生壯歲督師澎島戰勝法夷）血腥猶染舊征袍壯心未肯隨流水夢向沙場試寶刀（先生曾語余夢中殺賊大笑而醒）

濂溪居士謫仙人慧福誰能集一身相對少年多不識泮池子細認前因

相依杖履已多年（余曾隨先生在作新女校教授多載）別後蟾光幾度圓春到杏花紅鬧處（先生降嶽在二月二日）可能容我侍賓筵

歲寒堂詩餘

奉化王慕蘭著

金縷曲 謁墓

風木來何早痛劬勞此生休矣寸心如擣記得嬌癡無賴日費盡親心多少憨懶態常依懷抱一霎拋兒何處去等歸期數載慈音杳怎生得至瑤島　也思一死隨娘好爲嚴親如珠在掌強將身保終日奈何天裏坐淚洗柔腸自燥剗不了愁根似草夢裏常思逢母面恨邯鄲不接黃泉道無限恨惟心曉

金縷曲 送寒衣

忽忽秋將畢遍天涯調碪拂杵阿誰安逸我欲裁衣腸已斷寸寸隨

刀迸裂拈彩綫愁絲如結厚著棉兒多著綫怎能如身上衣裳密倘如意希萬一　那堪不是兒親織任遺風楮衣蘆絮那能溫熱未解果能娘著否只恐虛無浪說問可有重相見日除是將身來地下怕冥冥難覔眞消息奈何事休再述

賀新涼　悲秋（時大姊書來言病重）

日日柔腸斷問蒼天這般滋味豈儂嘗慣屈指年來紫荆樹我已魂消無算（余四六七弟旬日而殤）　孤零零如同花片幸得天涯猶有姊恨當年已受粱鴻案誰伴我視朝膳　何堪四壁秋蟲怨聽聲聲凄凄切切此心更亂瑟瑟西風偏入耳滿眼丹楓遠岸一似我淚珠痕染月冷窗前憐素影問嫦娥可代些凄惋傷心事惟伊見

賀新凉 夢七弟

何忍眞如此問同胞果然無意棄余而死寸步不離吾左右近向何方棲止誰照管棗梨衣履惟有慈帷堪依賴幸何如宛如新添子兒心碎娘心喜　來生仍得仍爲姊但今生形單影隻此情難已想爾連宵頻入夢恍惚驚疑不是牽翠袖宛然瞻視友愛藹然眞手足待醒來杳杳悲空倚情撩亂怕提起

憶秦娥 夏日

新妝罷雲鬢茉莉香如麝香如麝一灣新月上荼蘼架　閒來悄立花陰下香光著體渾忘夏渾忘夏這般清景抵千金價

西江月 芙蓉

默默三分醉態盈盈一段嬌紅溫柔無奈背西風獨立寒江誰共
映日羅衣葉葉辟塵寶帳重重苧蘿村女近無蹤靜與水雲同夢

送春詞

怕展書函慵開綫譜離情滿腹憑誰訴蜀山無數鷓鴣聲年年莫解
留春住　月魄剛殘花魂又去多情偏是傷春路依依楊柳卉餘暉
消愁反爲添愁緒

賀新涼　志喜（父親駐兵大浦命三兄歸家）

不盡愁如縷望家函平安未報疑懷轉懼夜卜銀釭雙蕊燦試待行
人歸路林鳥倦夕陽在樹西望峨嵋腸欲斷憶椿顔憔悴知何許正
揮淚修尺素　清風暗拂人爭赴亂喧傳阿兄歸也愁魔頓去冷署

離情應更甚翦燭西窗細訴說鞅掌王程多故征雁欲來烽火隔算遲遲已把歸期誤況十日九風雨

金縷曲 感秋

一幅秋容畫莽蒼蒼水天同色冷光瀟灑富貴風流蝴蝶夢便到神仙亦假嘆往昔情懷雕謝手把離騷歌代哭是狂奴故態如斯耶情感慨誰知者 無端塊壘難消化只塡胸蓬蓬勃勃怎生揮寫蕙折蘭摧蕭艾茂太息風趨日下千古恨陽春和寡香草美人勞夢想惜痴情末路眞悲咤抱孤潔歸去也

金縷曲 送三妹眉生之江律任所

何處銷魂地閶南橋水聲帆影助人悲淚離別尋常猶感慨況我同

懷姊妹忍此際匆匆判袂二十四年形影共又何嘗一刻離妝次再相見惟夢寐　凄涼生事從頭記痛伶仃堂萱早背庭椿新萎萬里家山歸未得誰是麥舟高誼更飄泊一枝何寄送汝此行身有託記無違善體雙親志常慰我平安字

少年游　早春

晴光駘蕩暖風吹步屧最相宜冰沼鱗開寒梅玉琢閨月得春遲　放眼郊原新氣象造化本無私草意先萌花魂乍返點綴早春時

金縷曲　述懷

不信儒冠誤數人間賞心樂事半歸紈褌笑我羈棲無一可忽忽年將遲暮豈造物眞將才妬四壁圖書徒坐擁守青氈朝夕尋常句甘

笑罵蛀書蠹　家傳自昔敦儒素戒繁華男惟讀誦女惟荊布檢點囊中無長物何處可尋生路況此際不珍詞賦束手自憐還自慰待皇天有日青眸顧將勺水潤涸鮒

臨江仙　燕子

王謝堂前雙燕子飛來飛去年年畫梁新壘抱香眠栖遲聊自慰飄泊倩誰憐　養得新雛可人意翩翩試舞風前呢喃軟語聽輕圓羽毛豐滿矣歸去九秋天

冬夜

裁破紅箋書細字握管驚寒意屈指算時光滿地黃花是小春天氣寶炬凝雙蕊裊裊爐煙翠薰得被兒溫待夢魂中去覓梅開未

西江月　悼懷

喜說蘭芽初茁欣看玉樹成行鏡花水月本荒唐十月徒勞盼望
何所見聞而至翩然遽返仙鄉老人差免淚沾裳未得一逢模樣

西江月　讀孫錦瞻兄燮輶日記感而作

讀罷燮輶日記分明圖畫西川雪泥鴻爪舊因緣到處都堪憶戀
人事不堪回首湖山未改當年何當羽化地行仙再與故人相見

民國九年余方從戎熱河嘗念王慕蘭先生年逾古稀所著詩猶未刊行於世久之惟恐其散失而不傳顧力弱猶未能舉因邀吳兄天放宋兄季眉及女兄自修津環女姪周國粹共任發起撰募刊歲寒堂詩集捐資啟分寄南北幸有成數是年秋余適假歸故詣杭將原稿三册呈奉家伯父玉仙先生請爲選校乃老人信佛從事乩壇殆無暇日及後余又就事於萍鄉青島一再郵稟查稿而終未見返歲月易更剞劂猶缺愍焉憂之今年秋族人賓甫以電話相告言海上女子日報載王先生逝世消息以余未之聞也余與先生爲忘年交殆二十餘年自余習醫京師往還南北郵書盈尺自十年先生以年老辭校歸隱山村幽遠音問始絕尤不知其一病而逝蓋如是其速

余知負先生生前付託之重而懼朋輩責難之不可辭矣未幾魯軍東移吾院改屬軍旅余亦因閉南下適家伯父猶在滬得將稿本取回從事編繕稿經陽羨鄒秋士吳天放學士周石虞孝廉及家伯父凡四選得詩都四百七十四首詞十六闋計删除者約什之二以稿不紀年月且多顚亂故就古今體類別之尤可喜者方余年十四時所抄詩一册乃三册中所未見者石虞孝廉引爲珍秘詳爲評定益之剡川詩鈔續編所已刊者增添倍蓰矣編繕既竣余亟將南北之遊爲請瘦石兄任讎校之役詩集觀成爲期在邇惜乎先生未之目覩也余之負疚深矣其詩散失於邑中者良不少隱居後有無所作亦不可知所望於再版之增益而已民國十五年一月孫汴環跋

跋二

乙丑歲莫，族弟書城以事赴粤，道出甬上，郎以王慕蘭女史詩稿見示，並欲災諸剞劂，屬余爲之校讎。夫吾奉女學之發達，女史實爲首唱之人，是以一時名門閨閣多出其門下。書城與余之室人皆爲女史門下士，故書城與余與女史之交誼爲最深。平時詩筒往還，幾無虚日。後書城應熱河姜桂題都統之召，爲衛戍司令部軍醫官，余則遠遊日本、遼東等處，人事日繁，而唱和之作亦漸疏。今女史雖物化，書城徧徵女史生平之作，分類別門，刋爲詩集，以流傳於世，竊幸女史雖死而猶生也。惟抄本多錯誤，疑而不決者，分註於下，以待博學之士教正焉。校讎事竣，爰誌數語於后。丙寅孟春，奉化孫瘦石跋於

四明之藕香館

晦珠館詩詞稿（存目）

馬汝鄴撰

民國十七年（一九二八）鉛印本

提要

馬汝鄴《晦珠館詩詞稿》

《晦珠館詩詞稿》，馬汝鄴撰，與《晦珠館文稿》合刊爲《晦珠館近稿》，民國十七年（一九二八）鉛印本。上海圖書館、華東師範大學圖書館、吉林大學圖書館、南開大學圖書館、北京大學圖書館、中國人民大學圖書館、武漢大學圖書館等有藏。《晦珠館近稿》封面由程頌萬題簽。扉頁有十髮居士（程頌萬）題簽，集内有「戊辰孟陬月校印於上海」字樣，張汝釗小像一幀（小像旁有十髮居士題「書城夫人小像」字樣），戊辰人日錢葆青手寫題詞，並附有錢葆青、馬福祥兩篇序及馬汝鄴自序一篇。《晦珠館詩詞稿》收詞僅八闋。

馬汝鄴（一八九一—一九七〇），字書城，著名回族才女，四川成都市人。馬汝鄴幼承家學，好詩書，及至父喪，其在黑龍江從教十一年以奉養老母。一九二六年，年三十六的馬汝鄴嫁於馬福祥爲繼室。馬福祥（一八七六—一九三二），字雲亭，回族，甘肅沙州人，曾任清軍將領。婚後，夫婦舉案齊眉，才情相投，馬汝鄴也重新操持文筆餘事。馬汝鄴晚年回到成都，曾任國民黨政府立法委員，一九四九年後赴臺，後病逝於臺灣。《晦珠館近稿》是一九二八年其夫馬福祥爲之集結作品並付印出版。

馬汝鄴猶長議論文字，每有卓見。而她符合於新時代特質的見識，不僅在於諸如《齊姜醉重耳論》《論鉤弋夫人》《潁考叔純孝論》等史論文字中，更在於其對社會現象的進步認知。相對而言，其詩詞作品仍顯傳統，屬於傳統的傷春悲秋和送別懷思之作。尤其於詞而言，雖留存作品僅八闋，不能盡窺全貌，然從八闋詞作風貌來看，仍較多保留了清末閨秀詞的餘緒，但也有一些進步思想的流露，如《虞美人·送孟清寰女士之奉天》中「縱然離別情猶在，漫把初心改。勸君珍重毋多愁。請看女輩峥嶸第一流」等語，已顯現彼時女性的自信和一定的女權意識。

王運新、周韞玉等撰

晚香集

民國十七年（一九二八）鉛印本

提要

王運新、周韞玉等《晚香集》

《晚香集》，王運新、周韞玉等撰，民國十七年（一九二八）鉛印本。上海圖書館、北京師範大學圖書館、復旦大學圖書館、南京大學圖書館、北京大學圖書館、中國人民大學圖書館、鄭州大學圖書館、華東師範大學圖書館、蘇州大學圖書館、清華大學圖書館、厦門大學圖書館、中山大學圖書館等有藏。該集是周菊人、王運新夫婦及其女兒周修輝合著之作，共五卷，卷一爲周菊人先生遺稿，卷二爲王運新遺稿，卷三爲周修輝詩，卷四爲周修輝詞，卷五爲周修輝歌。前有民國十七年仲夏華紹言題簽，孫蘇玉、孫婉如、孫卓如、周瑞玉爲之序，《晚香集》目録一份，集末有華應宣跋。

《晚香集》由周修輝女兒胡卓整理刊印，從作品數量來看，無疑周修輝占據了主要篇幅。周修輝（一八七〇——一九二一），名韞玉，出生於一門風雅的家庭，父有才，性恬淡，然早卒，同治九年（一八七〇）過世。其母王運新，名南成，又字筠心。王運新不僅有才學又淡泊古樸，不慕榮利，且異常堅强，夫亡子幼之際獨自撫養孩子，並十分注重兩個女兒的教育。同時其又是一個較有遠見和開明的女子，在寡居之際，提倡女學，開風氣之先。周修輝詩作中出現了海外詩，記録其出國的見聞，這與其曾有東渡扶桑的經歷有關。《晚香集》卷四收録周修輝詞十六闋，主要集中於唱酬、題畫和詠懷之作，雖是尋常題材，却常出精警之語，絶非剪紅刻翠之作。總體而言，周修輝作品「琳瑯滿紙，情致纏綿，悲歌慷慨以視唐宋名家不多讓也。而長詞數闋尤爲精警，是足以傳之後世而不朽矣」（孫婉如《晚香詩集序》）。王運新詞常在尋常之境中融入自身的體悟，時而慷慨時而悲涼，如《虞美人・嘲月》一闋：「興亡照遍知多少。依舊清光皎。問君底事薄人間，一任山河破碎復完全。」有時又常有議論之語，如《暗香疏影・自題小影》「相期努力，前途可畏」，又如《沁園春・題牡丹圖》「休錯認是高官厚爵」等語。總體而言，其詩詞作品「本移風易俗之旨，一掃吟風弄月之談」（孫卓如《晚香集遺稿序》）。

民國十七年仲夏

晚香集

華綰言題

綰言

晚香集序

孫蘇玉

周先生菊人世之名士也性恬淡不慕榮利擅歧黄常以救世爲懷活人無算受其惠者良多其夫人王氏字運新卽吾嫂之長姊也系出名門幼嫻書史博通今古素擅才名而又慷慨好義有古俠風性高潔畢生未御脂粉自甘荆布不厭糟糠值洪楊事起偕隱于南鄉軍嶂山畔舉案相莊怡然自樂有梁孟之遺風焉時吾兄嫂亦避居於此吾兄伯肅與先生終日優游山水詩酒流連幾忘塵世懶作出山之雲惜未幾先生猝歸道山遺有二

女長字修田次字脩輝數載後卜居錫城師古河運新先生設帳授女生姊妹二人亦受教于母氏是時女學尚未昌明先生獨開風氣可見卓識之高且遠也卽如近世天足會亦爲先生所發起修田姊博學多才兼工詩畫爲當世名教師歸蕩口華氏脩輝姊爲余平生惟一知己不獨歲同庚性同僻且又幼年失怙身世亦復略同惟姊天資穎悟爲余所萬不能及者也姊至孝性成依依弱質最得慈母憐夙慧超人過目卽成誦博通經史尤喜詩詞讀唐宋名家詩集能得此中三昧故其所

著作頗有唐宋遺音及笄後續弦於同邑大教育家胡雨人先生以風前咏絮之才砥礪新學文明之化綠窗鼓瑟曲譜雙聲絳帳傳經名垂千古門牆桃李盡教澤被春風鄉黨親隣莫不沾雅化此後北游京邸東渡扶桑嗟國粹兮日衰加茲考察常誨人兮不倦樂育英才兼之家政操勞未免神傷力瘁此病魔之所由侵也况加之羸弱之身沉痾不起者宜矣嗚呼傷哉才多天嫉自古常情覩手澤猶新痛音容已渺姊有二子一女長子胡先生前夫人所出皆世之卓卓者長媳華氏小田

卽姊甥女也文名亦藉甚今歲爲其母六旬冥壽子女輩擬將外祖父母遺稿幷其母遺墨合刊一册以爲紀念囑余爲小序自愧匪才不足以彰盛德且前塵影事未遑深悉茲率書數語聊誌其梗概云爾

晚香詩集序

嗚呼吾伯姨丈伯姨母仲表姊逝已久矣而其畢生道德文章事業固常存也吾生也晚未及見伯姨丈然嘗聞先子言其遺事竊心向往之吾伯姨丈蓋世之隱君子而隱于醫者也性高潔薄富貴不入仕途抱濟世心精研歧黃術不遜盧扁經其醫者雖垂絶必活貧者反給以調養資人咸德之暇常與先子置酒論詩文先子頗重之伯姨母吾之受業師也性古樸淡泊不慕榮利而其卓識尤非常人所能及當遜清光緒初年女學尚未萌芽

伯姨氏即提倡女學設帳授徒當時人猶謂女子何必求學而先父母贊同姨氏之主張命吾及三妹葆如偕往肄業焉無錫之有女學實自此始修田倏輝兩表姊皆學問淵博歷任南北著名各女校教師桃李遍天下蓋皆秉母氏之教其淵源有自來也姨丈姨母詩稿甚多不自愛惜收拾故今所存者無幾仲表姊在時嘗欲爲其父母刊遺稿惜天不永年而未果其女胡卓游學西洋倏輝表姊歿時以路遠不及歸殆返國既痛抱終天之恨而又傷其母之有志未竟也於是整理其外祖父

母舊作并將其母遺稿同刊焉孝思不匱可敬可嘉上月余造其府問兩人姊丈疾胡卓以其母之遺稿見示展誦之琳瑯滿紙情致纏綿悲歌慷慨以視唐宋名家不多讓也而長詞數闋尤爲精警是足以傳之後世而不朽矣嗚呼吾伯姨丈伯姨母仲表姊雖死猶生矣吾書至此不禁涕泗之横流焉蓋吾亦抱風木之悲者也久欲刊先子之遺墨而歲月蹉跎一事無成以是愈嘉胡卓之志而愈佩胡卓之人

民國十六年冬受業甥女孫婉如拜序

晚香集遺稿序

姨丈氏周諱曾鏞字菊人性恬淡不樂仕進術擅岐黄先世本皖籍洪楊之亂轉徙入蘇行醫于錫因家焉會賦悼亡聞姨氏賢聘爲繼室亂離之世鴻案相莊極倡隨之樂姨丈襟懷磊落時與吾父飲酒賦詩大有太白之風惜不自珍集十存一二僅餘避難隨筆一卷而俠骨柔腸一以濟世爲心遇求診者雖盛暑嚴寒不稍自逸卒致積勞成疾因以不起春秋三十有八姨氏王諱南城字筠心後改運新精嫻文翰志量曠達悲歌別鵠以周氏

族姓寥寥遂挈兩女卜宅與吾家隣便相過從蓋姨氏同懷僅吾母及舅氏少共患難且與吾母同深伯道之痛相憐相慰友好逾于常人嘗謂與其戚戚以居毋甯藉教育以覺世由是督課兩女吾家婉如葆如兩姊亦附學焉戚黨從之者甚衆春風絳帳別開女學先聲傳經而外兼課詩詞姨氏常先作以示範本移風易俗之旨一掃吟風弄月之談吾父與至閒爲月旦諸姑姊妹爭奇鬥勝頗多蘇蕙謝女之遺韵時人交譽之吾于諸姊妹中年齒最穉且以重慈鍾愛故不甚以學業見責姨

氏嘗囑諸姊貼字玩具以寓教今之略識之無未始不於此時基之大表姊瑞玉字修田歸同邑華氏慰三二表姊韞玉字脩輝歸同邑胡氏兩人吾夫之族兄也光緒末年慰三遊幕山東挈眷與偕留子應宣以侍外王母二表姊乃迎養于家姨氏勤樸耐勞老而彌篤督課諸外孫怡怡如也兩人伉儷得一致盡力於教育錚錚然爲學界泰斗姨氏實與有力焉特賦性廉潔雖胡氏敬禮有加終覺依人宇下抑鬱不自適迨慰三倦游歸里不數年而歿大表姊出任本邑競志女學及吳江麗則

女學教職二表姊歷任北京女師範齋務長吴江麗則女學及蘇州振華女學教員出其積俸爲母營居於邑城熙春街請姊修田辭職歸養不久外孫應宣由美返國克自樹立老懷始慰距于丙辰中秋之夜含笑而逝享壽七十有七二表姊脩輝痛念蓼莪志集父母遺墨彙印成書以彰先德惜自幼多病十餘年來獻身社會心力交瘁多才天忌未克永年有志未達嗚呼傷矣溯姊平生沉默寡言篤于孝友長子憲生出自前室而姊愛之如所生游美歸來姊尚健在欣看娶婦生孫現任大

同大學教授女卓子健生爲姊所自出來歲爲姊六旬紀念卓甥檢外王父母遺稿附以母氏著述付梓名曰晚香集全其母未竟之志也頃來索序於余用誌其大略如此

丁卯腊八姨姪女胡孫卓如謹序

晚香集序

先父諱曾鏞字菊人先大父露山公先大母氏吳生三子先父最慧舞勺成童卽愛吟咏而厭帖括志在濟世遂習歧黃值洪楊之亂避居太湖軍嶂山下前母氏薛生兄四歲殤母悲傷亦亡是時先外祖父王仲揚公亦避亂是鄉先大母見先母賢淑遂爲先父續聘先母來嬪鹿車共輓鴻案相莊未幾祖父母相繼歿遂購唐林山而安宅兆焉兵燹後死者骨暴于野生者飢病于室乃實行濟世主義掩埋暴露施診藥食雖嚴寒酷暑夙興夜寐

馳驅于菁林窮谷之中是以致疾痛于遜清同治九年歲在庚午六月十三日去世春秋三十有八少時詩稿因亂散失惟留避難隨筆一卷先母氏王諱南成字筠心幼讀書詩困于經濟日事女紅刺繡縫紉莫不精妙絶倫先父歿時余方五齡妹未週歲先母含辛茹苦以撫兩孤事蠶桑勤紡織以謀生計及余等稍長恐染鄉習遷居錫城課余姊妹邇時之女塾爲鳳毛麟角絳幃問字濟濟多人至晚年歐化東來女學聞風而起乃改字運新曰不圖吾老竟能見女界吐氣之時自後老當益

壯爲社會表率任胡氏女學教務勸令諸生放足率以到處演講風氣頓開邑人舉爲天足社長日任校事夜課諸外孫樂而忘倦最鍾愛者余子應宣自幼教育及長留學皆先母之慘澹經營也年過古稀始得優遊老懷頗慰痛于民國五年中秋月夜長逝享壽七十有七遺詩一卷不幸喪服未終輝妹又相繼而歿妹諱韞玉字脩輝生而沉靜不苟言笑少小多病弱不勝衣年二十四歸胡君兩人爲繼室仰事翁姑頗得歡心俯育前室子愛逾已出創立女學錫邑之有女學自胡氏始後任

職吴江麗則女校蘇州振華女校莫不克盡厥職
兩人任北京女師範教務長妹任齋務長兼脩身
課後兩人任北京女師範校長南菁中學校長吾
妹襄助實多及倦游歸里侍病姑教幼子健生民
國五年夏其姑高太夫人卒秋先母亦歿吾妹和
淚濡墨爲二母述德是歲長子憲生自美得碩士
學位歸國翌年授室媳卽吾長女小田七年春孫
旭光生備極人倫之樂忽得心臟症秋女卓考取
清華赴美雖喜壯游而舐犢情深病骨難支常自
黯然一病經年卒至不起春秋五十有一民國十

二年夏女卓歸國抄錄其母著作囑余抄錄外祖父母遺稿合編付梓欲承其母未竟之志兼作六十冥壽紀念嗚呼余少遭閔凶吾父之歿已五十七年音容既不能憶行述聞之先母吾父母享年修短雖不同其德行則一也無嗜好愛吟咏先知先覺樂善樂育竟抱伯道之痛嗚呼傷哉彼蒼者天曷其有極然有宅相傳文承志爲梓遺詩吾父母可以不朽矣

民國十六年十二月女周瑞玉謹序

晚香集目錄

卷五　胡脩輝先生遺稿

歌二十首

晚香集卷一

周菊人先生遺稿

庚申四月初三日粵匪逼近錫城賦此誌悲

烽火蔓延逼流民載道盈禦兵方退駐寇賊已臨城惻惻愁雲起沉沉戰霧横承平不知武徒欲請長纓

四月初四日余攜家眷冒雨出城所雇船爲兵奪去遂致步行泥途同走者甚多

乍識流離苦遍逢驟雨天兒嬌顔玉雪母老髮華顛失計爲貧誤抛家且向前欷歔同是客誰可引

迷川

途中被兵刼去行囊幸遇許區橋張公携余

及家眷渡河

刼掠愴惶際何方可避秦驚從茅舍匿幸遇舊鄰

人指點中流筏鄉人以木紮排而渡提携得渡津此生當報

德銘感擬書紳

路上口占

鼙鼓驚魂碎拋家作客孤無鄉避亂世有淚灑窮

途征戰何時息雲山終日趨自憐還自笑飄泊比

沙鳧

難中雜咏 時寓張卷上

舊時山色舊時河此日無端避難過鶴唳長空人
獨坐怕聞風起又生波
山水殢人强自寬時登傑閣一凭欄而今略識湖
山面待得承平仔細看
柴門寂寂翠屏環疊幛層巒萬壑彎欲伴閑雲和
野鶴出山泉水響潺潺
家庭娛樂憶當年行到窮途獨黯然惜我飄零添
我恨平生最怕受人憐
何妨憔悴向天涯往事重提空自嗟親老百年容

易度獨憐淪落未歸家

寄示諸姪

纔過崎嶇又險灘果然世亂作人難只拋家業尋
常事大節無慚夢也安
臥薪雪夜不嫌寒嘗胆之時强自寬海角天涯仍
故我簞瓢常寄筆毫端

庚申七月廿八日長子殤

懷抱提携歷險灘最憐幼稚歷艱難門庭玉樹期
充大竟作曇花一現看
藐小孤魂何處去阿娘幾欲痛相隨也知曠達焉

能達相對蓬窗淚暗垂

庚申九月初四哭三妹

誰知一病入膏肓，兩月空將藥石嘗。脫却塵軀離苦海，忍教白髮益悲傷。
樓頭花蕚秪三枝，此日無端折一枝。太息北堂憐最少，秋風秋雨助悲思。

庚申九月十四日內人薛氏病故，既遭顛沛流離之苦，復遇骨肉摧殘之痛，令人哀悼無已時也，哭而作此

頻年憂患苦相煎，井臼勤操不自憐。常說干戈還

未定何如耕讀守林泉
轉展靈前意若醺同游倦鳥道中分凄涼怕對團
圞月愧我飄零又失羣

述懷時避難軍嶂山下

飄泊江湖任所之艱難跋涉一身支畬田耕破終
無補苦海行來未有涯脫盡繁華思舊夢聊將痛
哭寫新詩干戈誤我春秋易辜負堂前舞綵嬉
生性還能耐歲寒不因風勁怯衣單家庭易捨輕
如葉世事難憑泛似瀾海上慈旌音渺渺湖邊烽
火路漫漫眼中自有千行淚未肯窮途向月彈

憶家鄉

回憶家山好難忘是慧峯懸崖如舞鶴列嶂若游龍草誌神仙傳臺留點易踪而今思石室何故白雲封

回憶家山好羣峯蘊二泉雲棲依古樹宸翰綴新編景麗因無俗名標賴得仙千秋玩賞地歷刼最堪憐

回憶家山好蓉湖五月游一潭蓮葉聚廿里錦帆稠燈火連城闕笙歌雜水樓不知逢此夜可有舊同儔

回憶家山好清幽舊草廬覽雲催勤讀酌酒摘新蔬煮茗清泉近栽花沃地舒何當征戰息彈鋏賦歸歟

感懷調寄滿江紅

美酒千鍾消不盡愁懷萬斛誰料得天涯寄跡窮途痛哭眼望家山烽火隔心驚異地年華速望平生志遂在何時空僕僕　歎萍蹤無定宿憂親老遭馳逐一心繫兩處遙遙極目五夜雁鳴悲別緒中天月照憐影獨願催車冒矢出重圍承歡菽

庚申十月初五日得　家大人手諭

小魚同涸轍望得片雲回未讀先相問可曾晤面來

下筆淚盈顋回書去客催家庭無別事摧折一枝槐

辛酉九月二十一日於鄉間續媍適值　家大人于海上歸來雖居亂世一堂歡敘矣

吉日重開玳瑁筵飄零喜繼室家全最欣共敘天倫樂盼得慈旌海上旋

飄泊何心賦好逑因推白屋足勾留自從悟得粱家義紙閣蘆簾共唱酬

辛酉秋山居述懷

念載茫茫度蕭然藉筆耕愁心千里共烽火四郊横志傲功名淡家貧俗累輕危途仍守拙幻夢亦常清鶴唳催籌餉雞鳴喚責秔門開無熱客壁破似涼柵節儉年凶日臨深履薄情素行甘落寞問跡愧平生

太湖避難口占

合家飄泊一扁舟萬頃波濤任泛流黑夜蒲帆風正急爲離虎穴不知愁

寓張巷時避走吳塘偶成一律

看遍湖山勝愁心未可拋炮聲驚客夢烽火隔同胞驛路非無主雲霞不易交飄然如燕子到處定新巢

宿唐林山下初識吳塘陸姓諸公

恍入桃源境山中别有天老農閑結網稚子學鋤田問客來何處停驂話舊緣勸留茅舍宿携手指烽烟

贈别趙竹筠姊丈

一見頻揮淚離愁不可云關心皆倦客失意又逢君野店三更話浮萍兩葉分兵戈今滿道相送意

如醺

不寐

不寐愁生萬象牽炮聲屢擾客中眠人經離亂情難繪月自尋常缺復圓蟋蟀無心鳴草底飛蛾有意撲燈前回溯往事徒悲世憔悴何妨又一年

秋日述懷

老我韶華又一秋風飄葉落動人愁生成陋癖無青眼少讀奇書誤白頭與世浮沉常自慎不求榮利復何尤文章竟可消兵氣日月重光照九州孤雲野鶴傲公侯壯志全憑與世投無益時人甘

自棄有緣山水足勾留年年幻景真如夢歲歲蹉跎易到秋陋巷能修君子德簞瓢有食欲何求

甲子春回家一探惟剩門房一間而已餘皆灰燼不勝今昔之感時家眷寄居張巷先父母及荆室三妹之柩皆寄厝軍嶂山麓

故國生還亦覺哀關心骨肉幾人回三年重復見天日二老難求返夜臺不得家庭親色笑空扶旅櫬賦歸來嗟余壯志消磨盡忍到堦前理刼灰繁華事散剩荒城舊夢依稀淚欲傾十里樓臺經

刼火一天風雨灑芳菁回思往事嗟無極偶遇親朋話再生今到家鄉渾似客纔留信宿計行程

又

昔時門巷已全非刼火餘簷草掩扉燕子呢喃如嘆息舊曾巢處尚依依

咏梅

橫斜疎影伴清淪霜雪頻摧志自伸一點天心誰早識微將春意示詩人

咏竹

偏宜風雨月相侵勁綠參差影淺深高節能虛躬

自直此身願得此君心

咏菊

一叢相對見秋心三逕常開結契深不露馨香誠傲骨偶緣隱逸是知音英華縷繫層樓玉醉態欹斜滿地金羸得高人傳韵事淡然默默伴微吟

生成風骨饒清華獨占秋光第一花未必輕身籬下寄爲從知己水邊家寒英畢竟高情洽老艷何妨晚節誇冷落心情誰是主歸來陶令伴烟霞

山居秋興

墻低益覺青山近屋少常嫌過客繁雨後欣添新

瀑布風狂催켒舊籬藩閒中信手抽書讀論到知
心笑語喧種菊自鋤還自賞淡然相對竟忘言
一帶湖山爽色浮天廻肅氣又成秋平林已覺枝
頭瘦落葉猶隨水面流宋玉興悲良有以陶潛清
賞豈無由雖憑物理斯行樂境遇新時解舊憂
蕭瑟聲中玉露浮月隨涼氣進書樓行雲偏讓蟾
光艷清籟過于水韵幽葉落難留秋律轉風高易
到樹枝頭欣欣惟有階前桂依舊生香氣正稠
謁鴻隱堂在泰伯鄉漢高士梁鴻隱地也此山因得名鴻山
一到江南路賢聲佈九州先生經履跡山水得名

流佳偶能同志高風孰可傳巍峩留隱室遺像共
千秋

拜至德墓

讓國化蠻昭至德一坏萬古在江南回看伯瀆溶
溶水千載常留聖德覃

商人别

白霧漫漫湧急湍亭前折柳五更寒捨家即爲瞻
家念休向江頭淚眼看

雪後即事

亂飄飛絮北風緊一夜湖山盡白頭最愛庭前松

柏樹仍含青翠對書樓

霽夜步月

霽色空濛裏閒行聽水舂月臨平野白雲散遠山浮却暑三更笛迎秋四壁蛩蒼茫烟樹靜涼氣盪心胸

孫伯肅陸循叚諸君游竹山吟詩嘲余即步其韵

五湖烟水自潺潺何日乘風任往還長嘯一聲消宿癖芒鞋踏遍萬重山

雪夜接孫伯肅襟兄留别詩即步原韻

留别佳章至離情不可描渡頭迷積雪墟里冷吟
瓢新稿添詩篋歸舟泊板橋何時重聚首把酒慰
岑寥

附原作

聚久難爲别離愁未易描寒山留落日蕭館冷
詩瓢猶憶來荒墅偷閑步小橋片帆歸去也何
日慰岑寥

花朝大風雨且雪懷循良伯肅詩以誌悶

料得圍爐坐春光恨雨留下幃堪避雪著屐定披
裘翠竹依山舞清泉繞檻流祇因梅未放不作探

春游

益覺無聊甚花朝未見花朔風回舊臘冷雨鎖新葩雲氣蒸千幛松聲撼萬家知音久不至迴首白雲遮

讀友詩有感

賴得新詩慰寂寥何妨風雨過花朝天公亦有留春意故使寒雲鎖柳條

還汪葆素倉山詩集

梅花開候借君詩疏影横斂絶妙詞今日還君如惜別奚奴欲遣又遲遲

春漲夜泊與同人小酌

酌酒吟詩話一宵蓬窗風雨悶全消悠然不覺添新水忽見船頭接板橋

月夜歸舟

家山在望覺身輕倦鳥還飛載酒行垂釣老漁歌古調哨營桴鼓奏初更烟霞擁塔天中掛秋水浮船鏡面橫皓月有情憐寂寞照儂雙槳送歸程

偶成

江南今喜息干戈閱歷新增自折磨不信陶朱多妙術五湖仿古結行窩

等閑莫道寄湖干歲月都從靜裏寬野鶴閑雲甘淡泊平生無夢到邯鄲

咏梅同孫伯肅汪葆素分韵

獨具冰霜格羣芳莫敢爭品高能傲世色淡若無情雪映精神足風吹香韵清横斜明月裏似欲索詩評

同陸循艮登高歸留宿山中玩月懷伯肅

不盡登高興黄昏尚倚樓斟殘萸酒冷吟喜桂窗幽目斷君何處神交爲久留低徊明月下相賞憶同儔

贈內

磊落襟懷似丈夫弓鞋雖小不須扶多才難遂淩雲志空使深閨作老儒

風光竟不讓林家繞檻峯迴疏影斜稚子盤旋健于鶴山妻瘦損似梅花

楓橋夜泊

月映楓橋冷霧濃輕舟夜泊夢惺忪可憐刼後寒山寺無復霜天報曉鐘

探梅

我亦疏狂寄水濱寒山著屐適情真不辭風雪徧

留久爲遇梅花似故人

見梅懷孤山處士

丰標雅淡一枝橫想見林家舊日盟千載高情誰得似梅花風致似先生

子鶴妻梅伴此生優游林下一身輕諒因跡隱孤山裏贏得千秋處士名

過謁范文正公祠

想見公之志徒仰公之爲肅然立庭下揮塵讀古碑

七月七日送孫伯肅入闈

七夕揚帆趁好風桂花香裏叩蟾宫嫦娥最是憐年少合讓君攀第一叢

勸戒鴉片

米囊花液煉精華以此迷人實可嗟浪費金錢消日月因循事業戀烟霞初嘗自道精神爽久吸難將憔悴遮何苦姓名留黑籍沈銷骨髓復傾家

戒淫邪

最憐士女喪良貞自許風流誤一生墻茨有詩譏德穢柳梢待月枉才清沉迷寃孽情難制任爾英雄醉不醒易色賢賢當自重可知萬惡是淫行

七夕有感

莫言仙侶撇情魔何事年年必渡河歡會縱稀無死別姻緣萬古勝人多

晚香集卷二

周王運新先生遺稿

自序

余酷嗜韵語爲女時雖略讀書詩而日作女紅以佐家用迨避紅羊刼針線無所用又稍讀書及歸周氏外子菊人頗喜吟咏顧值亂世流離遷徙未暇倡和不幸早歌黄鵠撫育兩女從事于蠶桑紡織縫紉至長女瑞玉九齡始教之識字恐染鄉習至丙子年緒二年遷錫城六箭河余方從事書詩刺繡以教諸女生自習吟咏以爲表率不數年皆

能咏癸未中和泛舟溪河之作爲第一次留稿也
時已年過不惑矣
舟次溪河
憶在髫年此地過倚窗笑語泛溪河而今景換人
非處兵火餘生感慨多
惠泉竹枝詞
二泉亭下樂徘徊纔過山隈又水隈一縷茶烟穿
弱柳游魚鼓浪去還來
昭忠勝景美無窮緊閉雙扉路未通剝啄連呼啓
玉扃守門童子索青銅

烟濃雲密雨如麻不辨山光與水涯想是天公厭脂粉故教傾刻洗鉛華

小金山（俗名黃埠墩爲粵匪燬後重建余髫年游此至今卅年携兒輩來游能無今昔之感）

六師一是靖烟塵勝景重開萬象新宸翰輝煌添壯麗武功熠耀佐熙春雕甍朱檻波光淨畫槳蘭橈浪影勻傑閣凭欄通四面輕舟雲集往來頻

附長女瑞玉和作

梵王宮殿淨纖塵凭檻欣看萬象新千丈芙蓉垂倒影數枝桃李笑含春波光搖漾無邊碧草

色芊綿半未勻擲柳鶯梳調巧舌營巢紫燕往
來頻

附次女韞玉和作（見卷三）

軍嶂山塘野荷

久擅花中君子名非徒悅目號傾城永宜上苑龍
池種怎傍荒邱蛙澤生兔走螢飛空解語樵歌牧
唱豈關情任教歷盡炎凉味樂水風懷永不更

七夕

微雲淡蕩映明河片片輕霞疊繡羅歲月年年添
好景天孫莫怨別離多

附姻妹孫蘇玉和作

蘭湯初罷試輕羅帳望雙星駕鵲河乞巧唐宮
傳韻事豈知庸碌福偏多

附女弟子王韻琴和作

年年此夕渡銀河約略長空烏鵲羅月白風清
天氣好來朝莫遣淚痕多

附甥女婉如和作

年年仙侶渡明河淡月微雲薄比羅今日鵲橋
曾駕否長空約略彩霞多

附長女瑞玉和作

天孫此夕渡銀河新月如鈎映碧羅女伴同來
花下拜阿誰乞得巧思多
附次女韞玉和作（見卷三）

中秋夜

丹桂飄香習習風碧天如洗鏡磨空呼兒指點明
蟾影玉宇瓊樓想像中
彩雲冉冉護長空竹韵悠然弄晚風一片清光涼
露裏樓亭倒影月明中
興亡照遍總成空春去秋來雨又風千古經營千
古事山河依舊月明中

昔聞唐帝步虛空來往雲霄迅若風月殿記歸天
上曲霓裳譜入教坊中
游二泉過月梅尼故居尚懸名人輓聯
空門艷質已成烟小院塵封繐帳偏門巷蕭條車
馬絶輓詞猶道貌如仙
壬午新秋與兒輩言及粵匪之亂作此紀之
無端變起紅羊刼萬姓愴惶離城邑肆行横掠非
人道老幼臨歧盡號泣簪湖五月笙歌地頓教變
作豺狼窟母女牽衣赴水濱慈親長逝清流絶姊
弟三人病父依茹荼飲蘖墳塋宿亂離何用壓金

綫鄰家借得書詩讀椿庭勉力教村童束脩賴以
資饘粥親因衰老常自恐鏡臺急受濂溪族遥天
鶴駕竟西歸月冷空山杜鵑哭喪中無奈于歸賦
篋蓋荆釵衣裙布却欣鴻案兩相莊鼙鼓驚魂愁
裏度翌年五月阿妹嫁伶仃弱弟相依附不幸翁
姑相繼歿買得唐林山築墓膝前幸喜舉甯馨三
載曇花一夢醒大江南北承平日又育雙珠聊慰
情稾砧遽爾騎鯨去寡鵠悲吟血淚傾撫養兩孤
志自强辛勤紡織事蠶桑遷歸錫邑設家塾絃誦
怡怡聚一堂不堪回溯從前事歌成餘意尚悽惶

中秋夜雨

漠漠陰雲起黑風蛟龍噴雨捲長空今宵倒瀉銀河水磨洗冰輪一瞬中

臘梅

姑射仙人邀錫命鵝黄衣染御香濃羣芳領袖春光早合上蓬萊第一峯

墨梅

羅浮仙子水雲裳久厭人間艷冶妝淡淡輕烟籠玉蕋百花應遜墨花香

白梅

疎影巡檐似帶霜冰姿欲共月爭光淩寒洗盡炎
涼態冒雪衝風透暗香

白梅

萬卉酣眠猶不醒衝寒似報早春來巡檐影倩冰
爲骨繞檻香含玉作胎瘦許詩魂偕伴侶光容月
魄共徘徊漫言蜂蝶穿芳徑管領花叢未見梅

紅梅

律到羅浮夢乍融酡顏含笑對春風丹霞低映横
斜艷絳雪深籠淺淡紅薄醉太真欹檻北嬌酣西
子倚窗東羣芳領袖甯辭早喚醒韶光百二中

玉蘭

萬紫千紅莫與倫繁華脱盡見精神昏黄猶辨枝頭影淡白常留眼底新漫道梨花堪比潔果然明月似前身香飄爛縵休浪籍能助天厨綾餅珍

紅桃花

纖穠獨擅逞繁華消受春光第一花灼灼艷舒溪上錦天天嬌粲洞中霞酡顔浥露丰姿媚麗質臨風醉態賒良夜芳晨耽美景亦觴亦咏樂無加

白桃花

春深百卉興何賒姹紫嫣紅莫浪誇聊試明妝銷

艷福别饒逸致閂濃華冰綃一片輕籠月素質千枝淺映沙不似武陵溪上色瑤池萬古伴烟霞

紅牡丹

天然富麗有誰同百卉甘心拜下風絳節新頒瑤砌滿丹書近錫玉臺中香含曉露嬌酣甚色染流霞醉態融管領春光消艷福緣章低映護芳叢

白牡丹

鉛華不御羞傾國獨擅天真富貴場玉版生香輸魏紫瓊枝解語遜姚黄輕寒欲倩金鈴護薄暖思邀繡幙張消受三春風景麗名園取次殿羣芳

黄牡丹

東皇寵誥錫鵝黄氣稟中央殿羣芳漫道酣紅犿
麗紫真成玉質與金相嬌含曉露融融濕笑倚春
風冉冉香仿彿晚霞殘照裏光華到眼弄斜陽

和石頭記白海棠步其原韵

日移花影映重門嬌倩風扶雪滿盆夢斷梨雲冰
作骨擬隨涼露月爲魂似添明淨三秋景不染鉛
華半點痕亭際氤氳銀燭列寒芳睡思未容昏

附長女修田和作

凌波仙子厭朱門借得瑤臺玉女盆香霧深籠

嬌欲睡斜陽漸下暗消魂霜含一點臨風艷月映三更帶露痕相對不禁忘夜永柝聲隱隱送黄昏

其二

小院秋深晝掩門亭亭冷艷覆幽盆枝枝清韵冰爲骨縷縷柔情玉作魂綽約似憐花索句迷離淡去月無痕簾開錯認寒梅放夜色矇朧醉眼昏

附次女修輝和作（見卷三）

楊花

別具風懷異衆葩漫將輕薄笑楊花天涯到處誰
爲伴羞逐羣芳委土沙

賦得何處生春早

何處生春早春生新柳中眉纖疑似月腰瘦不勝
風線弱穿難定鶯嬌織未工近侵芳草碧遠映杏
花紅細雨溶溶濕輕烟淡淡籠年年壩橋畔折取
別離衷

何處生春早春生繡閣中光分螺黛色香染麝蘭
風白采描新樣丹黃配自工如年消永晝似水靜
房籠嬾整雲鬟綠慵窺日影紅呢喃梁上燕絮語

與人同

何處生春早春生市井中擔挑新韮綠檐拂酒旗紅盡嗜家兄癖皆耽和嶠風蠅頭嗤彼薄捷足看誰工度量權衡準釜庾斗斛同朝爭暮競者利欲滿心籠

何處生春早春生射圃中青萍縈弱柳綠耳騁雄風日耀兜鍪赤星流箭的紅飛身金勒穩揮手玉鞭籠共羨穿楊技爭誇貫革工明時修武備貔虎爪牙同

何處生春早春生田舍中犁鋤方喜雨布穀已呼

風家釀新醅綠倉儲玉粒紅蠶桑勤女績蔬果課兒工麥浪青無際炊煙淡欲籠欣歌忘帝力大有樂時同

何處生春早春生煙雨中如雲封弱柳似露灑輕風藉此吹噓力能成化育工遥瞻三徑碧漸見百花紅漠漠濃陰繞霏霏細草籠萬方沾潤澤滋長及時同

賦得何處生秋早

何處生秋早秋生細雨中炎消三伏暑涼滿一庭風應候清商發隨時布澤工淡煙輕灑墨薄霽晚

霞紅瑟瑟踈桐潤濛濛茂草籠蟲聲吟唧唧逸興與人同

何處生秋早秋生月影中螢流餐玉露蟬唱飲金風樹色橫斜裏清光點染工依稀鴉背白約略雁飛紅華彩無涯遍晶瑩萬里籠人間涼若此天上可還同

何處生秋早秋生衰柳中眉疏羞浥露腰瘦怯臨風欲寫離離景難成縷縷工慢摇蘆管白低拂蓼花紅雲歛煙霏淨星移月淡籠橫斜欹曲岸顧影恰相同

采桑曲

曉起提筐約比鄰，濃蔭低覆淨無塵。臨風唱出聲聲慢，帶露拈來葉葉勻。幾處山花迷曲徑，一灣流水認歸程。肩挑嫩綠非凡卉，佇看爲章五色新。

育蠶詞

麗景遲遲日正長，豳風篇什重耕桑。丁寧宜倩狸奴護，辛苦恐教鼠婦傷。布滿筠筐分黑白，織爲雲錦載玄黃。劇憐多少蓬門女，未識金閨羅綺香。

送長女瑞玉赴山東

卅年顧復而今已，庚癸將呼不可留。漫託稚兒應宜

留錫余爲教育勤學業好隨夫婿稻粱謀嬌娃小田隨父母赴山東

愛護須當訓老母相拋且莫憂千種離懷描不得

平安頻寄慰余愁

憶外孫女小田

生小相依幼稚年流離遠別意常牽却于夜半矇

矓際手撫宣兒喚阿田

遊惠麓有感

提壺携伴汲清泉亭下徘徊記昔年拋餌引魚宣

跳躍田孫遠隔任城天

乘輿同游到二泉名山一别十餘年層廊歷級田

孫挽却恨宣孫又各天

雲間天淡桂飄香池有殘荷柳未黄幾處緑陰飄酒旆蕭條市面歎年荒

風聲鶴唳心驚悸物换星移意恐慌安得陳摶千日睡酣然一枕黑甜鄉

次女在北京與小田中秋步月聯句寄回卽步原韵

好憑魚雁報平安卓女能詩與爾看可見光陰非浪擲聊堪負責亦爲歡

居家保赤任非輕斟酌寬嚴多少情來歲京華團

聚處新詩可以互相賡

附原作

清光一片照長安好景何堪客裏看輝遥想故
園明月夜重幃弟妹笑言歡田
如羅如霧彩雲輕掩映冰輪倍有情輝靜聽隔
牆歌宛轉琴聲既和復相賡田

喜應宣得優貢清光緒三十四年

蕊榜初等優貢名從兹且喜礎能成立身報國前
程遠莫負當年弧矢情
阿娘襁褓傳經早期望吾家宅相成迴憶當年勤

讀際吟哦猶帶小孩聲

七十自述 清宣統元年

如夢韶光七十春甜酸苦辣且休論芝蘭借蔭孫枝秀玉樹含輝蘿蔓新有守有爲期兒輩無忝無德畢吾身于胥樂矣添言笑北望京華念遠人

附瑞女和作

平生嗜學卌年春勞苦干戈不計論玉樹盈庭英挺秀慈雲愛日景方新聞詩聞禮三遷訓維儉維勤百練身戲舞斑衣兒輩共平安莫念遠游人

附韞女和作（見卷三）

附婉如甥女和作

暖日融融上北堂，椒花獻頌喜稱觴。精神矍鑠同馬援，儉德勤勞媲敬姜。桃李滿城沾雅澤，芝蘭盈室吐奇芳。中天婺彩方絢爛，願祝慈躬日益康。

新正初三夜聯句

繞膝承歡處，孩提喜有知。運 咿唔聲嘹嘵，宣 嘻笑態嬌癡。瑞 早識之無字，宣 能歌絕妙詞。瑞 盤旋健似鶴，運 踴躍勝于獅。短髮覆前額，宣 長紳寶帶垂

運臨風迎玉樹瑞映月耀瓊枝運優貢成今日運
傳經憶小時瑞頻年常作客卓寒暑集于斯瑞執
筆權書記宣揮毫不搆思卓閒情耽小說運逸志
愛臨池卓回首京華遠運談心玉漏遲瑞擁爐兼
煮茗瑞剪燭共敲詩宣步履逍遥甚運精神矍鑠
資瑞春暉能永駐宣其樂樂何如瑞

咏足指各人之足

蓮船盈尺許運六寸膚圓光宣難復天然態瑞奔
波終日忙運

咏手指各人之手

繡虎雕龍手 運 天寒凍瘃傷 瑞 生花誇妙術 宜 廚下作羹湯 運

咏髮 指各人之髮

白髮蕭蕭甚 運 年來鬢有絲 瑞 垂髫雙姊妹 卓 也是弟兄如 宜

箬帽洋燈

未雨何戴笠 宜 光華藉折回 運 高懸明月滿照乘夜珠來 瑞

初八夜朝王會即景聯句

佳會傳今日 運 傾城仕士忙 卓 五更齊待漏十廟

共朝王瑞金鼓喧天鬧宣提爐繞地香瑞烏衣紅黑帽宣白馬綠朱韁瑞鳳管盈盈奏鸞笙細細揚運繡旗清道路瑞寶蓋擁前行吆喝增嚴肅宣戈矛耀日光瑞兒童爭膜拜婦孺鬥新妝宣扶老携幼小瑞呼爹喚阿娘宣風光描不盡卓迎賽總忙運

寄韞女

應宣昨夜日邊來道汝將同小阮回極目雲天成畫餅空教卓健望徘徊

濛濛細雨灑中秋北地常寒話益愁弱體何堪輕

折挫惟祈珍重嗇爲謀

述懷

古今逆旅惟天地寒暑頻羅七十更與世推移猶夢境不時遷徙等棋枰甯馨諸少堪娛老樂育雙珠足慰情所願無多期遂我無憂無疾畢吾生

喜雪

開窗耀眼盡瓊瑤拉絮搓棉雪尚飄六出花飛豐歲兆兒童堆取與偏饒

保權保種力經營朝野同心各竭誠感召天和呈美景琉璃世界應休明

壽親翁胡和梅先生庚戌正月

忠厚傳家久宜乎福禄全兒孫皆國器女子亦英賢可羨齊眉樂堪欣繞膝妍居鄉推懿望興學濟時愆已應三多兆今開七秩筵捧觴歌令德獻頌祝遐年力贊維新政謀深立憲堅期頤臻上壽佇看衍曾元

記去年金陵參觀勸業會

南都古昔繁華地金粉賢豪各逞時江口空傳桃葉渡城邊猶指莫愁池臨春結綺無陳跡王謝烏衣渺不知世事茫茫誠夢幻興亡擾擾任推移當

年取士科名重此際維新學校推反弱成强遵憲
法振權起懦效艮規場開勸業精神煥力挽頹唐
黽勉爲百藝藝工憑可仿四方方物聚于斯竹樓
試茗香生腋層塔旋登心曠怡若使萬方能奮勇
横行黄種豈難期

和韞女贈麗則女學舊生

聞名已久此時逢桃李新蔭喜更濃地主歡迎欣
盛會團體來錫參觀競志游藝會嘉賓雅意樂停踪衡門信宿
流光易汽笛雲馳烟霧衝臨别贈言須記取明年
再到上龍峯

自歎

自憐衰朽無能矣萬刼空留不死身厭世厭生常在念累人累己若爲因茫茫暮景何時了渺渺前途想有辰歲月徒延憎太緩願教晷刻速移輪

附甥女婉如和作

茫茫塵世原無味莫歎龍鍾衰老身廣植心田收後果歷經魔障總前因論詩閱報消長晝弔古評今樂暮辰修短窮通本有數休嫌日月慢移輪

附瑞女和作

圓時長比缺時少明月須知卽後身何必傷心
談往事不堪回首憶前因待將玉樹成良器歸
奉金萱樂暮辰人爵難如天爵貴桑榆愛日慢
移輪

附韞女和作（見卷三）

有感

家衰國運悵如何生不逢辰命坎坷事到何堪回
首處艱難常覺此身多
消磨歲月擲如梭成就人才好事多此際何堪生
趣少只隨形影老婆娑

公園賞荷詩 有序

辛亥暑假六月中旬忽憶二十四日俗諺稱荷花生日欲爲賞荷之舉遂作柬招余妹孫蘇玉姻妹及甥女婉如葆如等是日余早起率長女修田女孫小田先至公園頃即陸續而至相見甚歡值宿雨初晴池中芙蕖紅白相間亭亭搖曳似笑迎人賞心悅目其樂融融清涼世界不知是暑天矣皆云對此美景不可無詩以爲花壽囑余首倡出題遂登多壽樓啜茗口占一絕擬題十二恐日高暑生游人紛至故即連袂而

歸日過午新詩均至矣余亦適成聊以怡情消夏而已豈計工拙也哉

公園即景

爲訪芙蕖破曉行相携兒輩足娛情二三同志須題詠莫負花中君子名

憶荷

豈畏炎威拔俗才夏行秋令費疑猜不知涼露風清裏能否臨波帶笑開

訪荷

爲訪名花破曉來沿隄徐步慢徘徊園丁報道池

塘滿菡萏生香次第開

賞荷

登樓携伴對名花閑倚欄干慢啜茶美景良辰休
辜負新題分咏興偏賒

荷珠

名園徐步路縈紆拂柳分花到水隅蓮蕊生香含
露重翠盤擎出夜光珠

白荷

香濃雪聚玉爲神不染鉛華半點塵屈指羣芳誰
媲美祗因明月是前身

紅荷

淩波洛女飲流霞含笑酡顏醉態賒幾度薫風吹不醒朝陽紅映露光華

採荷

一枝折得不須多艷若朝霞映緑波帶露携來香滿袖行吟聊當採蓮歌

供荷

滿浥清泉表裏融名花合貯玉堂中明窗淨几焚香對静坐常披君子風

寫荷

託根本在水雲鄉寫出丰姿黯淡妝不御粉脂離洛浦亭亭猶帶墨痕香

繡荷

魚戲田田蓮葉東芙蕖映日淺深紅金針刺處光華煥活色生香奪化工

殘荷

紅衣褪盡蓮房見露冷風清葉漸凋遺愛尚留休剪伐茅亭聽雨興偏饒

咏荷

名花相對疊吟箋搜索枯腸思悄然老朽不堪爲

引導蒸蒸日上望青年

附姻妹孫蘇玉和作

憶荷

年年打槳泛輕舟愛向荷花深處游不識而今開也未風光轉眼又新秋

訪荷

爲訪荷花趁早晴曉風風涼露十分清名知園有人先在柳外風傳笑語聲

賞荷

陂塘一望碧連天映日芙蕖别樣妍久坐茅亭

看未足幾回欲去又流連

荷珠

迴塘小步路縈紆日影微茫淡欲無荷葉忽鳴

涼雨急依稀疑是走盤珠

白荷

水晶爲骨玉爲神出自淤泥不染塵矯矯丰標

堪拔俗滿懷涼意淡于人

紅荷

亭亭翠蓋覆花叢嬌態盈盈萬點紅疑是曉霞

迎旭日流光倒影映波中

採荷

偶隨石磴下芳洲風動香生水國秋聊折一花兼一葉不須更上木蘭舟

供荷

携歸供養胆瓶中習習香生兩袖風對此名花如解語徘徊幽賞樂無窮

寫荷

輕紅淺碧挹毫端寫就盈盈露未乾欲使好花常在眼勾留小影畫中看

繡荷

玲瓏花樣愛翻新彩線拈來淺淡匀別有丰姿
繡未肖天涯欲去訪針神

殘荷

連翻風雨逼池塘褪盡紅衣露粉香莫惜好花
易凋謝新秋滋味在蓮房

咏荷

氣若芝蘭艷若霞逈然瀟灑洵堪誇庸才不敢
題新句秖恐無詩負此花

附甥女婉如和作

憶荷

暮春曾向曲江遊荷葉如錢水面浮彈指光陰
又數月花開想已滿汀洲

訪荷

報道名園花正開清晨結伴看花來池塘緩步
須防滑涼露溶溶濕綠苔

賞荷

旭日初升曉氣清花香微送好風輕雖無絲竹
管絃盛分韵題詩亦暢情

白荷

素衣瑟瑟綠雲遮疊雪香羅不染瑕君子自應

留本色豈隨塵俗鬥鉛華

紅荷

菡萏迎風帶露開朝霞微映醉顏頹粉香紅暈誰能似江上芙蓉雪裏梅

荷珠

翠蓋臨風捲復舒涔涔涼露轉如珠笑他魚目焉能混未識鮫人泣也無

採荷

蓮花蓮葉影迷離雙槳輕摇入小溪折得數枝含露蘸水珠微濺濕羅衣

供荷

小小磁瓶漾碧波數枝斜插態婆娑月明寫影
疎簾上一幅芙蕖絶妙圖

寫荷

偶將井水潑臙脂寫出芙蕖雨後姿似有微香
生筆底繡工雖妙恐難如

繡荷

綫跡針痕何處藏亭亭宛在水中央葉如承露
花如笑惟欠臨風一陣香

殘荷

殘荷風致勝新荷未減芳香子已多老葉半成
深赭色畫工偏愛每臨摹

咏荷

池上香生滿院風淺吟低唱興無窮天然神韵
摹難肖幾度推敲句未工

附瑞女和作

憶荷

愛蓮原是舊家風品到羣芳孰與同幾度欲爲
花介壽未知曾否透新紅

訪荷

尋芳有約最先臨曲逕行來曉露侵花氣襲人
前面是層樓閒坐待知音

賞荷

團坐茅亭對緑波怡情悅目樂如何花如解語
花應笑爲爾稱觴韵事多

荷珠

蓮葉朝來零露溥翠盤顆顆夜珠圓淩波仙子
堪爲佩知否曾將柳線穿

白荷

仙風吹下玉爲魂映月淩波絶點痕最是生香

初過雨放翁詩意韵常存

紅荷

吐艷生香在水涯亭亭映日耀雲霞不知世上炎涼態躬直心虚氣自華

採荷

爲賞名花傍小池臨風欲採意遲遲儂心却愛天然好嬌女無端折一枝

供荷

帶露擎來解語花晶瓶喜貯絶無瑕案頭相對忘塵俗滿室幽香透碧紗

寫荷

昨朝偶爾拂雲箋寫得淩波映日鮮尺幅攜來
相評品池中筆底兩爭妍

繡荷

畫圖總覺繪難工未見光華燦若虹買得吳綾
聊試繡金針巧奪彩毫功

殘荷

露冷風清漸減香粉紅欲墜露蓮房勸君殘葉
休輕剪聽雨遍宜秋夜長

咏荷

盈盈解語索題詩對此當吟絶妙詞白髮慈親
添逸興出題分韵自臨池

附外孫女小田和作

憶荷

曾記前年去看荷池塘湫溢好花多傳言引得
源頭水未識而今盛若何

訪荷

報道池中花正開偷閑獨步漫徘徊半紅半白
相掩映習習香風撲面來

賞荷

少長羣賢集一堂名花相對飲瓊漿敲詩品畫
多佳興更喜凌波巧樣妝

荷珠

曉色曈曨露未乾池邊小立倚欄看朝霞閃灼
疑星墜錯落明珠溢翠盤

白荷

冰雪聰明絶世姿鉛華掃盡玉爲肌花中君子
宜清潔樂水風懷自可師

紅荷

宴罷瑤池色更妍臨風欲舞態蹁躚宜題入畫

高人愛萬卉叢中第一仙

採荷

一聲款乃入前溪驚起游魚蓮葉西菡萏生香殊可愛數枝折得手輕携

供荷

歸來供向小窗東時有幽香岑寂中解語盈盈堪作伴臨書助我興無窮

寫荷

偶隨慈母學丹青欲寫淩波倩影傳底事揮毫漫經意一花一葉祇成形

繡荷

買就新絲欲繡荷淡紅淺碧意揣摩祇因未諳拈針術辜負芙蕖絕妙圖

殘荷

雲邊雁陣報秋涼瑟瑟紅衣漸褪妝老葉滿池多蒼翠炎威纔過又淩霜

咏荷

賞罷芙蕖逸興多拈毫拂紙墨徐磨無何譜得新歌調聚坐茅亭互唱和

老燕

綢繆牖戶託雕樑覓食將雛敢或遑待得羽毛豐
滿候東西南北各翺翔
雄心未滅羽翛翛極目關河歸路遥欲覓稻粱奈
力盡坐靡哺啜守空巢

附瑞女和作

海燕呢喃到畫樑營巢覓食日遑遑勤勞育得
諸雛長上苑春風任意翔
無力雄飛羽已翛關河不必憶迢遥天涯游子
歸來未猶爲殷勤守故巢

附韞女和作(見卷三)

夏日

赤帝承權司令中炎威不似往年同誰知三伏渾
志暑秋意頒來蕭瑟風

秋日大水時難年荒有感

公慮私憂悶悶過田成澤國兩滂沱年來衰老思
歸去負杖閑吟厭世歌

和宣孫在美寄懷即步原韵

託身異國度晨宵游子思鄉萬里遥豈不懷歸嗟
雨雪也因磨琢似瓊瑶吟詩遠寄聊相慰捧檄回
來可解嘲珍重前途多幸福何須惆悵歎飄摇

附原作

孤燈相伴過清宵客夢悠悠歸路遥剩有文章
臥舊篋更無桃李報瓊瑶頻年負笈擲虚耗此
夜書空聊解嘲底事狂風起天末時有罷工風潮可憐
喬木自飄摇

題雞菊圖

獨占秋光少落花不隨桃李鬥穠華一聲喚醒東
籬夢萬户千門意興賒

晚香集卷三

胡周脩輝先生遺稿

和毋氏何處生春早

何處生春早春生小院中游魚浮水面戲蝶繞芳叢柳色侵衣碧花光映袖紅呢喃雙燕子飛入畫堂東

何處生春早春生田舍中一灣流水碧幾點野花紅茅屋炊烟起幽林細雨籠鳩聲喧竹嶼山色影空濛

賦得春江水暖鴨先知

暖入春江裏東風解凍時却嫌人未覺只有鴨先知兩兩呼同隊行行逐浪隨沚萍初放碧岸柳欲抽絲搖漾波光淨漣漪淑氣滋髯翁清賞際得句更超之

玉蘭

疎影參差雪滿枝濃香爛漫遍階墀梨花借得三分白梅蕚應輸一段姿明月作神冰作骨清霜爲魄玉爲肌輕寒洗盡鉛華態含笑嫣然溼露滋

白梅

淩寒素質雪光融不與纖穠凡卉同姑射仙人離

貝闕瑤臺玉女下珠宮輕烟低映溶溶月薄霧深
籠淡淡風有格有香兼有韻等閑桃杏只酣紅

紅梅

羣芳春至皆未覺獨占韶光爾最先醉態橫斜攲
翠竹嬌酣疏影映清泉淡籠曉霽輕籠霧薄帶朝
霞淺帶烟玉骨酡顏何所似應同邀月李青蓮

和母氏和石頭記白海棠即步原韻

瓊枝合在廣寒門誰向堦前種一盆淡到梨花堪
作骨瘦來梅蕚定爲魂霜華冉冉應無跡露溼盈
盈若有痕爲愛冰姿吟未倦不知已是近黄昏

和母氏小金山作

面面琉璃不染塵樓臺熠耀一時新水光蕩漾如
翻雪山色空明若笑春花氣熏人渾欲醉柳絲拂
檻影初匀凭欄遥望龍峯上飛鳥和雲來往頻

甲午正月再赴桃源蘇玉姻姑作詩寄懷卽
步原韻奉答

千里神交信有之屋梁落月感何支人從別後情
逾切詩寫離懷拙豈知舊雨難忘增我感病軀自
愛慰君思家山自是難留住莫恨離亭折處枝

送姊氏赴山東

珍重前逢快着鞭半憑際遇半憑天明知此去原非計困守家園豈自全老母蕭條休系念佳兒嬌小莫生憐心香一炷心常祝得意平安早錦旋

觀十年前舊照感而口占

細認廬山真面目故吾應識卽今吾形同槁木才宜拙骨比梅花瘦有餘淡泊神情非厭世消沉心志豈非時一生誤我天休怨三十年來作病夫

麗則女學諸生赴錫留飲席上口占

五年舊雨一朝逢論舊談新喜氣濃蓬壁添輝留雪印龍峯增翠滯游蹤飛花滿座題唐句濁酒三

杯效醉翁愧我無成將老大欣看桃李正繁穠

顧梅戻太夫人六旬徵詩

斷機畫荻遺風在顧母懿徽可與羣教子一經成巨儒含辛卌載苦安貧承歡喜見文星耀設席欣逢寶婺芬安得萬家供生佛買絲親爲繡慈雲

憲兒有游美之行姊妹治酒話别口占七律一首以送之

别酒三杯送爾行臨歧未免話叮嚀鵬程萬里何嫌遠天各一方亦慰情干祿干名非我願立身立志是吾心歐風美雨親薰沐莫得皮毛務得神

和母氏自歎

聲名自是留身後莫歎龍鍾老邁身塵世難逃生老病人情休論後先因夕陽願得如朝日暮境長教似曉辰一瓣心香常暗祝春暉永駐莫移輪

留別

留將小影慰分襟記取當時面目真三載分離勞夢想一朝萍聚亦前因風雲變態思何幻柱石中流力不勝爲問蒼蒼緣底事無端公案苦重增

留別女師範諸生

寸心惟與道爲鄰聚散何由足重輕折柳分襟休

惜別樂羣敬業望諸生驪歌唱徹音逾壯琴韻彈成氣自清息影蓬廬長引領傳來洋溢好聲名

病中有感

中秋節屆臥床除百感交侵百事虛黃鵠雁行悲失侶白頭烏老嘆蕭居重洋游子思親否京國同儔憶舊與明月窺窗人寂靜滿庭花影入吾廬

游橫排圩

一葉輕舟打槳迎微風習習水盈盈牽衣笑指前途近聯袂欣沿兩岸行茅舍竹籬初建築雞鳴犬吠漸成村種將瓜果甘尤美採得蘋花色更清地

闊天空新世界山迴水抱舊居㡳二三知己能偕隱願結茅廬事偶耕

和母氏七十自述

女學初興藹若春浮雲富貴總休論道高德重何嫌舊美雨歐風不厭新滿腹雄圖年少志盈頭白髮老人身芝蘭玉樹盈階秀後起欣看大有人

紀悲

病裏生涯百事哀那堪骨肉又相乖驚魂未定攙床恐瘦骨難支奪椅悲老母未酬恩罔極微軀何敢等塵埃自憐自慰休多慼一息猶存志莫灰

和母氏舟次溪河

風送輕舟柳外過綠陰兩岸夾溪河嬌癡小妹推窗看笑指前邊好景多

和母氏七夕

疎星幾點接明河淡淡輕雲薄薄羅再拜天孫重問訊不知能否巧思多

和母氏夏日作

炎炎赤日火雲烘爍石消金暑氣沖池內游魚藏水底盤桓欲待晚涼風

和母氏中秋玩月

清露融融月正中天香冉冉桂飄風瓊樓玉宇明
如洗我欲淩雲上碧空

弔女學會長吴孟班女士

聞風景慕已多時未得相逢繫我思海上無端傳
信至瓊花吹折不勝悲
會開女學爲領袖博得聲名四遠聞留與後來作
矜式他年十丈鑄銅人
陸沉諸夏事堪哀積弱原由女乏才力掃千年脂
粉態鬚眉應愧此裙釵

和母氏老燕作

春來秋去渡河梁歷盡星霜未敢遑今日且休悲老大當年曾自任翱翔

莫嫌此際羽翛翛反哺慈恩事豈遥喜見諸雛毛羽滿貽謀坐看各營巢

讀婉如妹姑姪紅梅詩作此以贈并和

朦朧清夢初酣際捧誦佳章眼忽明萬遍讀來香口舌陽春一曲莫能爭

笑倚春風醉態怡冰姿乍换淡紅姿亭亭斜立明窗外半是嬌酣半是癡

問畹蘭

銀燈手剔憶同儔簾幙深深夜色浮怪底夢中常
夢汝昨宵曾亦夢儂不

向蘇玉婉如姑姪乞紅梅

折梅千里寄行人況與君家在近隣料得庭中花
已放如何不贈一枝春

無聊閒坐思徘徊窗外紅梅應已開戲作乞梅詩
數首一詩要換一枝梅

偶生逸興學塗鴉拈得新題寄絳紗語不成章應
見誚定知貽笑大方家

枝枝玉立倚窗斜絶勝孤山處士家對此聯吟添

好句兩詩人伴一梅花

附蘇玉婉如答詩

知君定是詠花人幸與東西結比鄰省識愛花

如愛我乞花擬作兩家春

去年樹下共徘徊節近元宵盡數開却怪今年

寒料峭南枝纔放一枝梅

漫言偶爾學塗鵶欲把新詩護碧紗句比梅花

更清絶瓣香準擬奉君家

幾枝疏影自横斜怎比孤山處士家茅舍竹籬

聊點綴清寒只合伴梅花

附瑞玉和答乞梅詩

自慚下里一巴人喜接聯芳孟氏鄰麗句清詞
欣捧讀羡君着手即成春
瑤章讀處思徘徊誰道梅花尚未開小妹觀詩
含笑說得詩勝得數枝梅
效顰不覺也鳴鴉試作酬和達絳紗聞道欲將
詩社起詩壇飛將定君家
夢醒羅浮醉態斜明妝豔豔到君家清才應合
聯清韻消受東風第一花
見和乞梅詩以此作答

梅花不寄寄詩來得見清詞勝見梅不料別來纔
數月竟非吳下阿蒙哉
生來自笑欠聰明初學難當錯愛情讀得佳章添
慚愧果然擲地作金聲

中秋月夜寄姊時姊在山東

一片清光罩碧虛嬌柔兒女笑言娛癡心欲問中
天月照見同胞客館無
深慰愁懷有故知金蘭情重若連枝殷勤爲語桐
華子姊之譜姊王韻琴別號桐華仙子道我平安勝昔時

祝楊母徐太夫人五旬榮慶

令儀不愧出名門賦性由來玉比温第一家庭最
難得咸欽鍾郝古猶存
早歌黄鵠秉松筠茹苦含辛孝義敦天與桑榆增
晚景佳兒佳婦娱晨昏
有女娟娟閨閫嫻力求興學醒愚頑宣文才藻嬰
兒志樂育承歡撤瑱環
和藹春風絶點埃昔年京國幸追隨一從拜母親
慈範始信淵源有自來
綺席初開泛玉巵祥光瑞藹籠瑶池願將王母杯
中酒灑遍人間化孝慈

捧觴上壽共升堂寶婺文昌兩有光願祝慈雲千萬歲年年此日飲瓊漿

輓舊弟子費蘊貞女士

赴召瓊樓事可哀那堪桃李竟先摧遺容相對渾如昨不是珊珊問字來

國是前途日繫衷投身實業志何宏出師未捷身先歿千古英雄命嘆同

劇憐女學始芽萌植幹扶枝煞費心却怪無端弱一个半悲全局半悲君

中秋後十日寄家書口占

公私義利兩難抛緘寄家書意欲消忽忽無端思瑣事健兒生日是今朝

月夜偶吟

課罷歸來晚色高嫦娥半面倚林梢門非賈島推新句也學山僧月下敲

弟子何家穀以感懷詩見示卽步原韻以慰勉之

既爲四百兆之一繼後承前敢自輕慧劍光芒何必起誰能太上竟忘情

問心但使期無愧毁譽何須足重輕第一誤人因

底事盃弓蛇影動疑情
錦心繡口生花筆天賦靈根已不輕何事牢騷增
感慨多情翻欲羨無情
硯池墨碟生塵久吟詠生涯視已輕歌到陽春添
逸興偷閒時復起詩情

附何家毅原詩

百代光陰如過客來時飄忽去時輕水中萍點
風中絮偶爾相逢也有情
空谷一彈鍾子出高山流水奏非輕外來得失
休多計自古知情奪愛情

蒼桑變態無窮盡咿唔生涯一羽輕幾度欲行行不得誤人第一是多情

寄居逆旅原如夢莫爲浮名論重輕諸葛躬耕千古歎方知棄我是真情

悠悠萬物同歸盡知己堪珍一已輕把劍臨風一長嘯靈魂不重重凝情

容易相逢難以別愛儂不覺視儂輕何時慧劍光芒起斬斷絲絲牽引情

和弟子胡宛游陶然亭即步原韻

落木蕭蕭冷氣侵一年容易又秋深陶然自是清

幽地合讓詩人一快臨

層層歷級上階台僻靜禪房少客來到此胸襟增

洒落只宜曠達不宜哀

平沙漠漠土壘壘半爲田疇半草萊最是畫圖描

不盡荻花楓葉映層臺

風伯無端肆虐來目迷歸路捲沙灰可知勁草終

難折傲骨珊珊亦快哉

附胡宛原作

北風蕭瑟鬢毛侵作客京華旅思深欲藉山光

消塊壘陶然亭上一登臨

長嘯登高憑石台山光水色盡收來荻花蕭瑟
寒江上落葉空林雁語哀
荒村寂寞塚壘壘多少英雄沒草萊憑弔興亡
無限感夕陽頹澹照亭臺
一瞬狂風捲地來沙飛石走日光灰傲寒鐵骨
崚嶒慣揚袖歡迎喚快哉
戊申冬日退女師範齋長之任閒居京寓感
而作此
偷得閒身是此時圍爐品茗静觀書十年設帳多
涼德今日潛脩愧有餘

戀戀長安緣底事不關利鎖與名韁難忘吾黨諸英俊深恐牛山濯濯傷

難得他鄉遇故知相逢深慰客中思縱談三界窮精奥半是艮朋半是師同鄉孫宋若曹慎余等日夕過從縱談甚樂

對之慚怍亦歡欣可畏原來是後生讓我消磨閑歲月乾坤旋轉任諸君諸女生頻來問訊情意殷艮

昨宵夢境太迷離獨立蒼茫景色奇大好江山留半壁誰將隻手儘扶持

東游雜詠

（一）坐小輪出口

一聲汽笛客催行脱帽揮巾感别情兩岸泥房兼
古木沿隄風景頗幽清

(二)上竹島九

備客時需娱客情舟中小使意殷勤令人回憶中
和棧紛擾中宵夢不成

(三)出直隸灣

威海雄峙對大連一重門戶出天然如何卧榻他
人睡一擲紛紛不瓦全

(四)出黄海

漫漫誰道望無邊方丈瀛洲在目前漢武秦皇應

見姤三千弱水渡飛仙

（五）由門司乘車赴廣島

恍如身入畫圖中水秀山清景不同更羡辟疆田

野治不堪回憶故園風

（六）思親

姑病緣何事遠游捫心清夜夢難成慈雲弱息留

京邸骨肉睽離南北分

（七）留學生以旅館作寄宿舍不上課且飲

啖叫囂日人以動物園目之

有志東游着祖鞭也應日夕事鑽研如何長作閙

居賦博得人稱動物園

（八）見日校園藝有感

暗寓勤勞在美情一般園囿畫難成栽花鋤草尋常事偏是吾儕耳目新

（九）歸國出太平洋

蛟龍潛伏風姨斂穩睡終宵夢境長舟子傳餐催客起一航已過太平洋

（十）過日本內海

天空地闊豁胸襟甲板徐登最上層日映波光明若鏡遠峯掩映近峯青

輓孫毋周夫人

久欽令德與高風拜毋登堂憶舊容寶婺文昌兩
輝映女宗兼又作文宗
敬姜不愧出名門苦守清貧道自尊不爲傳經羈
講席致教堂上缺晨昏
解衣推食視同仁慈善由來出性真一語永爲後
世法艱難吾是過來人
容工言德一無慚時雨春風一例頒今日遺徽仍
宛在空教後學仰高山
都中獲教感深情多藝多才久共傾家學淵源傳

有自原來慈母是先生
親承菽水旨常甘臨喪又能大禮諳留與後人作
矜式漫言生女不如男
和卓如表妹君山詩即步原韻
葭親舊雨遇他鄉勝景同臨樂自洋阿毋年高鳩
杖健徐登石級志偏强
今朝重上澄江樓蘆荻蕭疏忽已秋浩浩長江東
去疾雄心未肯逐波流
附原作
故舊親朋集異鄉登山臨水樂洋洋阿姨垂老

猶康健游興偏豪勝壯强
爲愛名山登此樓荒江疎樹又清秋憑欄眺望
心神曠舊恨新愁逐水流
夏日卽事
當天赤日勢炎炎手不停揮意欲煎見否西鄰農
舍婦聲聲打麥立場前
樹木森森綠蔭深蟬聲東噪又西鳴古人盡道清
高韻偏是儂家最厭聽
龍峯當戶絶堪圖一片田疇綠影浮荳架竹籬栽
種茂門前風景最清幽

贈學詩女士

讀罷瓊篇意欲摧有才不遇事堪哀天教歷盡酸
辛味磨出清新詠絮才
記得扶桑有偉人下田姓氏九州珍不因早歲歌
黄鵠救世匡時志盡湮
莫將才氣盡消沉田氏懿徽大可循青史他年留
姓氏並驅齊驅耀東瀛
兩地睽違未識荆得吟佳什自傾心不辭下里巴
人曲好結人間翰墨因

病中有感

京國生還已天幸，首邱狐枕敢云非茫茫四十餘
年事化作春深柳絮飛
蕭瑟西風秋暮時無聊倚枕强吟詩自憐病骨支
離甚恐負親恩益自悲

祝姨母七旬壽辰

長留愛日景曈曈連袂稱觴廣座中松菊猶存鼇
正滿小春天氣最和融
五福由來壽最稀坦途爭似歷嶔巇萱堂也喜精
神健寶婺雙輝樂共依（家母長母姨五年均喜康健）
有女嫺嫺掌講堂門楣堪並長家常十年絳帳春

風座桃李成蔭樂也洋余表妹婉如寶如卓如均如執教鞭克盡厥職十年如一日秉母訓也

誓逐波臣三次來天公默佑不爲災南鄉草舍堪容膝絃誦依然出水隈奧匪猖獗家母與姨母恐被辱嘗投河三次竟得無恙旋先姨丈設帳南鄉雖亂離絃歌不絕

雞鳴未已已離床能儉能勤莫敢遑寒士生涯甘冷淡菜根滋味勝羔羊先姨丈爲邑名士當道者目爲翰苑才而安貧不慕榮利母姨亦有以成之

慈母閑居笑語歡家庭和厚勝鵬摶阿姨識得天倫正阿叔曾爲兒女看嘗聞家母云阿姨之舅殁三日而其叔始生其姑哀

毀無乳母姨親爲乳哺獲視之數月不懈

松柏由來耐歲寒天留蔗境自怡安欣看宅相孫枝茂定卜青雲直上干婉如寶如之子均入大學年青志奮

一堂歡聚樂何如刻燭齋催祝嘏詩兩朵慈雲千萬歲春暉永駐醉瑤卮

重游西湖

游蹤重爲此湖留挈女攜兒興倍幽欲藉山光兼水色消除宿疾與沈憂

平湖月色最清幽舉酒何須秉燭游天際波心明若鏡直將今夕作中秋

疾風雷雨匆迷津已到湖濱第一層西子似迎新
客至故教頃刻洗冰輪
中夜雲開見月明嬌兒起舞倍精神自憐俗態仍
難耐辜負清光夢正沉
放棹湖心夜色微山容水態尚依依扁舟一葉何
嫌小滿載清風明月歸
白馬銀濤勢不驕卓兒戲語大相嘲想因先謁錢
王廟鐵甲重臨阻怒潮
徐步孤山興不孤牽衣笑語絶堪娛當年始定多
妻制是否先生作偏無

高峯四插碧森森丹桂香飄夾道聞最是翠竿千
个潤果然雨後勝晴明

病中口占

病魔侵繞苦何深長夜悠悠百感生明月窺窗簾
影瘦無端錯認是天明

一絲兩氣尚吟哦結習難忘是最初脱殼離軀真
不易隨歌而歿亦無由

晚香集卷四

胡周脩輝先生遺稿

如夢令 答宋若

尚道傾心已久瞞却珠璣幾許儘說不知詩好句來從何處同志同志罰宜金谷酒數

附原詞

不櫛傾心已久更羡詩成七步後學仰高風可許春風一坐知否知否已在程門雪候

如夢令 答胡宛催詩

俗狀塵容難受欲償詩債無由負我素心人佳句

頻投屢候急就急就明日清償可否

附催詩原詞

記得初春時候疊得吟箋寄右盼斷碧雲天雁杳魚沉人瘦莫留莫留快把新詩和就

附胡宛謝詞

偶填催詩詞去贏得先生佳句捧讀小雲箋滌淨俗腸千縷雋語雋語字字潤如春雨

醉瑤池九月初三日母氏壽辰敬謹遙祝

天倫小集泛霞觴慈雲欣無恙迢迢遙隔注心香一語祝高堂祝繞膝孫枝個個成宅相祝千秋女

界文宗永自姓名揚

賣花聲 賀浣青嘉禮代保康卓作

同學又同游意氣相投花晨月夕共淹留今日欣逢成嘉禮喜氣橫秋　何物贈妝樓却費躕籌瓊琚月佩豈君求下里巴人歌一曲敬祝同儔

祝語敬同伸共效封人祝君琴瑟兩和鳴更祝瓊枝並玉樹同德同心　智識互交縈福艷才清彩毫彤管共相賡更念婚姻人道始珍重家庭

虞美人 嘲月

興亡照遍知多少依舊清光皎問君底事薄人間

一任山河破碎復完全　語君一事爲君惜正朔
新更易從今元夜與中秋長與君家正面不相謀

暗香疏影 自題小影

細認廬山面目故吾應識今吾嶧山素志樂育英
才妄竊虛名聊自娛歡然顧顧英姿秀發瓊枝玉
樹恰似滿庭蓉菊欣欣生意繞我蒲姿　相期努
力前途可畏由來是後生小子願他年默化潛移
望諸君輩清閑歲月讓我消磨

滿江紅 留別代應宜作

日月如梭憑屈指已韶華七易記吾儕年纔弱冠

來游負笈入室升堂寒與暑晨雞夜火朝和夕共相期有志事能成齊努力　雕蟲技喜已畢同志友恨將别一時間化作伯勞燕翼折柳分襟情何限吳頭楚尾無從説願鵬搏各自奮雲程濟時厄

沁園春　祝曹太夫人壽并序

曹君慎予　輝　道義交也憶數年前彼此相慕未得把晤戊申冬　輝　勉應京師女師範之招適曹君由天津女師範特派來京以盡義務果一見如舊相識課餘之暇縱論古今　輝　深佩其學識之淵博獲益良多且其諸昆玉姊妹均俊秀不

愧惠連益加欽佩今歲春季曹君發布其太
夫人六十事略一紙遍徵各界題詠輝拜誦之
下覺令徽懿範可法可師足徵曹君今日爲女
界文明之先導淵源有自非偶然矣曹君謂輝
屆時稱慶不事鋪張惟將諸題詠懸之四壁稍
盡寸心此又見脫略世俗提倡風雅之一斑輝
不獲已隨諸大雅之後謹獻俚歌一曲愧不能
文未足揚仁風于萬一敬祈教正是幸
庚戌初秋熏香敬沐恭頌蕪章頌吾鄉有母惟賢
惟德能勤能儉並美歐陽傳播文明肇興教育種

自慈根萱草堂真堪羡羡棣花競秀蘭蕚聯芳瑤池藹藹祥光看滿座嘉賓瑞氣揚喜不獻蟠桃爭歌令德圖書翰墨四壁琳琅更小門生升堂入室共列仙班捧玉觴伸三祝祝常輝寶婺永耀文昌

沁園春 題牡丹圖

乙卯初冬拈針添線刺繡窗前看芝秀長春花迎富貴貓奴戲蝶碧草芊綿預祝吾兒還希吾婦富貴長春耄耋年休錯認是高官厚爵阡陌雲連吾儕志潔行堅須塵俗虛榮一例捐期爲模爲範

允歌令德治經治事克紹先賢富有羣能貴修天爵尊重公權賦自天方可表表人倫正始人格完全

乙卯冬日偶繡牡丹一幅備憲兒明歲回國成婚作新房飾品之需繡竟書大富貴亦壽考六字于上方客有詢余曰子素不慕榮利淡泊自甘何乃未能免俗勗子若婦以富貴乎余曰否不然余所謂富貴與俗異非高官厚爵堆積黄金高北斗也富于道德富于智識富于精神是之謂富貴有天爵自高之人格貴有純潔不雜

之理想貴有威武不屈之氣概是之謂貴杖鄉杖國箸作等身令聞令譽貽厥子孫是謂壽考若此則爲真富真貴真壽人道于以始人倫于以正以此勗吾子婦不亦可乎至于一時之榮利沒則已焉何足云富貴壽考哉客唯而退因書此數語于左長兒長婦尚其勉諸　母氏繡于澄江寓次北窗下

摸魚兒　壬辰九月赴桃源留别諸姊妹

嘆韶華疾如流水悠悠東去難繫廿年骨肉團圞樂一旦相違分袂情何已感雲樹蒼茫遥望渾無

際不堪提起是膝下晨昏雁行磋切舊雨情深處常留取惟祝平安兩地全憑魚雁相寄他時故土重歸省顧得親朋如故同笑語縱有日欣逢莫慰此愁緒我心傷矣看堤柳横斜離歌斷續忍駕扁舟去

冷豔 感懷

伏枕悲吟愁心欲絶悠悠四十餘年事一一胸頭如潮如汐最難堪骨肉無緣乖離糾葛觸手生荊棘休道憂樂相同疾病相扶掖後世因前生孽奈三生石上舊精魂十年已作齊東説欲會菩提

微妙旨不生煩惱不生歡喜奈繭絲一縷兒女情牽自縛何由釋知已由來傾肺腑奈性成孤僻鍾期不遇無從説滿腔塊磊杯酒難澆空自腸千結待向那絶壁高山荒原曠野長嘯狂吟悲歌痛哭一雪胸中鬱

憶桃源 除夕口占

歎年華如水四旬已過屈指從頭思往事事事不堪回首最難忘終天抱恨搖落靈椿歲未週音容難憶魂夢難求念此生未與木石爲儔山林爲伍全賴慈雲一朵教養兼施殫精極慮當時聲名未

落他人後　奈門庭寥落不作男兒難抒慈母殷憂況連枝運遇迍邅更微軀病久維摩今宵悵觸平生事那堪更作客他鄉歲又除遙想家園天倫歡聚是兩處萱堂設帨期恨不乘風飄然歸去捧瑤觴博得慈顏喜遙知兒女嬌癡望長安父母阿兄歸未歌慷慨增離緒

晚香集卷五

胡周脩輝先生遺稿

祝敦復桂馨佳禮代彬夏競英作

觀喜禮　樂如何　遇吉日　吾同氣　結絲蘿
雁行分列齊伸賀　賀更歌　歌且祝　此倡
彼相賀　賀更歌　歌且祝　此倡彼相和其一
觀嘉禮　樂如何　更可喜　吾三代　一門和
願兄福壽繩其祖　樂齊眉　期偕老　三祝
看齊多　樂齊眉　期偕老　三祝看齊多其二
觀嘉禮　樂如何　念婚姻　人道始　立身初

存家保國此基礎　願二君　爲表率　琴瑟兩鳴和　願二君　爲表率　琴瑟兩鳴和　其三

又代小田穀昭復作

日暖風薰　榴火含英　佳期恰遇良辰　既作我歌　既踏我琴　聯袂共表歡忱　有酒如淮有肉如陵　主賓醉後歡欣　二人同心　其利斷金　祝語同伸同伸

又代蘭卓師作

大哥哥　大姊姊　恭喜恭喜你　你今日裏佳禮咸宜　滿堂添歡喜　休羨天生嘉耦和順

關關兩齊鳴　卽此婚姻制　除舊更新　觀之也文明

大哥哥　大姊姊　我且祝頌你　祝你性情温如賓如友和且敬　祝你爲表率　修齊治平樂陶陶　祝你玉樹榮　芝蘭早發遍階庭

又 代五六芝健作

大姊姊　大哥哥　聽我齊聲唱祝歌　大哥哥大姊姊　小弟小妹來賀喜　我有一花美且純　兩手高擎獻與君　獻與君　動歡聲　滿堂歌聲鬧盈盈　歌聲鬧盈盈　歌聲鬧盈盈

鬧盈盈　喜氣生　謝你三杯喜酒吞

祝汪振鵬蔣庭珍嘉禮代小田作

天生佳偶結婚同　儀容相與共　新人合卺一旬中　三對樂融融　祝諸君个个英雄　可以强同種　願閨房琴瑟和鳴　鄉里振頹風

又代敦復作

瑞氣兮溶溶　祥光滿座中　美哉此佳節　快睹盛儀容　看文明進步　脱盡繁華殊可風　佳禮成今日　天生配耦兩和同　敢爲兩君祝　相翼相扶家政隆　更爲兩君頌　如賓如友

樂無窮　聽大衆　既歌且舞　歡笑如雷動
敬贊斯盛舉　齊伸三祝效華封
祝根其嘉禮
從軍樂　合巹歡　起齊家　終保國　義始完
願君有志宏斯願　耀門閭　光族姓　鄉里
改觀瞻　耀門閭　光族姓　鄉里改觀瞻
勞掃舍
諸姊妹　諸兄弟　辛苦辛苦你　你收拾得
整整齊齊　諒也非容易　舊垢全除　室室生
光　空氣頓清新　願你將來　掃除宇宙　亦

如此一門

送敦復代諸兄弟姊妹作

壯壯壯　壯兄行色　勉舉送行觴　雲山遙隔雖惆悵　進取須勇往　志本在四方　困守家園豈久長　願吾兄弟　願吾姊妹　努力各爭強

行行行　祝兄此去　萬里展鵬程　初施絳帳善導引　滿座咸自奮　早日赴重瀛　負笈西游事竟成　存我家國　保我種族　他日之經營

送桂脩代彬夏競英作

保妹妹　大姊姊　我且送送你　你今日裏歸去欣然　父母添歡喜　可惜吾儕同學同游　未免悵離情　願你早來　約期無爽　聯袂再歡迎

歡迎桂彬脩應

多佳興　弟兄姊妹　攜手快相迎　歌聲間雜笑語聲　更聽踏琴聲　怡怡兮　如賓如友　一室藹如春　天倫團聚兮　娱吾祖兮吾樂親

又

遥見兮舟遥　片帆水面飄　報言已臨至　次第喜相邀　看團團聚首　晤言一室添歡笑　假我數月日　吾人朝夕共游遨　到晚乘涼好　蟾影娟娟閒相照　晨起清光皎　朝曦未上暑全消　聽鳴琴聲聲　徐唱歡迎調　相送相迎不憚勞　吾以樂吾好

田家

鄉村四月事忽忽　節屆熏風送　麥黄蠶老一時中　婦子苦辛同　看農夫　戴笠披蓑　耕土勤播種　羨他是　有益人羣　生利最多功

畢業歌

一年容易又將終　學業爭鼓勇　專修藝術兼普通　計日各成功　願諸生　歷級徐升　一簣毋自封　期他時　個個爭先　齊登第一峯

休業 麗則女校留別

殘冬屆　學業休　吾同志　歸鞭整　感如何
一年磋切竟分手　臨別時　殷勤道　魚雁莫沉浮　臨別時　殷勤道　魚雁莫沉浮
殘冬屆　學業休　吾同志　歸鞭整　樂如何
爺娘姊妹欣聚首　敘天倫　真樂事　一室

景融和 敘天倫 真樂事 一室景融和

言語統一會歌

言不通 語不通 感情兩不通 一堂雖晤聚 如隔雲山幾萬重 言齊一 語齊一 肝胆相交肺腑都無隔 合羣惟一之目的 勉説中州韻 誓去南蠻舌 借問中華言語統一起何時 云是北京女子師範始 千年萬年光歷史

跋

民國十六年表妹卓爲紀念外王父外王母及脩輝姨母集其遺稿名之曰晚香集將付諸梓命宣書其後宣不文屢辭不獲已乃勉附數言曰夫歌以永言詩以述志外王父逢洪楊之亂目擊時艱故多傷時之作亂離之中存稿無多外王母中年備經患難井臼之餘發爲詩歌以授吾母及諸姨母晚年提倡女學致力于授諸生以普通之學吟詠轉寡茲篇所載多吾母及諸姻親記憶而錄存者姨母幼承家學早歲卽擅詩歌迨歸姨丈胡兩

人先生樂育英才北走京師東游扶桑倡和之稿甚多惟不自珍惜殘編遺墨所存不及十之二三有詩數首幸讀者勿以尋常出韻目之蓋姨母富有創造思想不拘拘于繩墨嘗謂中國詩韻太狹中有數韻宜合并故所作實行之宣自苕齡親聆外王母訓誨略解韻詞十四五歲時嘗試擬數作就正于外王母及姨母以爲略有門徑假以歲月可以造就乃時不我待轉瞬中年以工程爲生活日事荒傖實有負外王母及姨母之期望矣近年新文學興新體詩作昔日吟詠諸篇多有目爲陳

腐者卓妹之集是編實所以維持舊學豈特記念
外王父外王母及姨母而已哉

外孫華應宣拜跋

楊志温 撰

緑蕚軒集

民國十八年（一九二九）鉛印本

提要

楊志温《緑萼軒集》

《緑萼軒集》，楊志温撰，民國十八年（一九二九）上海中華書局鉛印本。上海圖書館、復旦大學圖書館、華東師範大學圖書館、南開大學圖書館、南京大學圖書館等有藏。《緑萼軒集》前有戊辰年關賡麟序，民國十八年白曾然序，顧震福、楊棨題詞，並有丙辰年楊志濂原序。爲詩詞合集，詞僅四闋。該集初刻於一九一六年，既有《緑萼軒集》單行本，民國五年（一九一六）鉛印本，又有與其姊之合刊本《夢梅仙館緑萼軒吟草合鈔》，民國五年（一九一六）木活字本，由其兄楊志濂所輯。惜前者版本筆者未見，後者上海圖書館有藏。及至一九二八年楊志温過世，楊志温之子「檢點篋衍，得緑萼軒詩詞刊本暨續作詩稿若干首，吉光片羽，手澤如新，將排比重印以貽親朋之臨弔者」（白曾然《緑萼軒集》序）。這次刊印主要是爲了紀念，這本一九二九年的集子在前集的基礎上，加入了一些續作詩稿的内容，也即一九一六年後的作品。

楊志温（？—一九二八），字幼梅，江蘇無錫人。嫁淮陰陳心葵，夫婦唱酬無間。然中歲以後，其夫陳心葵「忽得心疾，百療不瘳」（楊志濂《緑萼軒集》原序）。

楊志温以一人之力撫養二子，生活之艱辛自毋需多言，故中歲後只偶爾從事文墨之事。而從以上集子的刊刻來看，《緑蕚軒集》作品主要完成於一九一六年之前，故集中尚未看到明顯新變之内容，内容以傳統的春花秋月之作爲多，其「間亦偶一填詞，詩律諧適，詞旨和婉，雖多爲春花秋月之作，而時有寄託，寓意深遠」（關賡麟《緑蕚軒集》序）。

閨序

自古婦人之以工詩名閨閣中者自唐以來莫早於楊盈川之姪女容華然新妝一題以後所作遂不多見大抵吾國女子有才而不欲衿炫歛抑韜晦舍姊妹妯娌夫壻兒女而外不甚示人因而發攄性情之時會益少懷抱穎異至沒世而始爲人知者有之否則負儁才享大名且將受易安惠齋之謗世恒有才藻不羣浮譽滿人耳而咫尺壇坫不欲與鬚眉騁逐人或以爲慮之過而不知固有由也有淸一代江浙間多才媛而楊氏尤著賢女則有若大瓢布衣之息山陰楊珮聲其人賢妻則有若盧召弓之室江陰楊紹儷其人賢母則有若湯雨生之母武進楊太君其人而金匱三楊一門風雅自蕊淵以名父之女著金箱薈說爲閨中提倡諸姑伯姊人人有集琴淸閣選雲樓諸稿膾炙人口吾師董仲容先生之母靜貞老人卽蘿裳先生孫女也亦世享盛名爲余身

緑萼軒集 一

所及見顧遂不知吾友陳君蘷生之北堂楊太夫人能詩且自幼稚以迄稀齡姊倡妹和憶夫訓子兼賢女賢妻賢母而有之及始聞其略而已不及爲登堂之拜矣此豈非以炫才爲戒歛不示人至沒世而後已之一證耶太夫人家無錫爲才人淵藪所爲詩名曰綠蕚軒吟草間亦偶一塡詞詩律諧適詞旨和婉雖多爲春花秋月之作而時有寄托寓意深遠賦紅秋海棠之濃睡不緣留宿醉晚芳可勿恨無香白秋海棠之一樣花開緣底淡十分清絕恰宜秋一鱗一爪可概其大凡矣夔生與其從弟嬴生均余十許年同僚會余自白下北歸省親亟以重刊吟草表揚賢媺爲請雖媿不文而誼不容謝倚裝倉卒爲識數語而歸之

戊辰嘉平南海關賡麟序於梯園

白序

昔歲隨宦浙中知有楊小荔太守者典郡吳興詩清政美而其一門風雅尤有謝庭詠雪之遺竊心識之弗敢忘也及應官淮海獲交馬景江鹺尹爲太守姊聓過從既密常以詞女之夫目之景江逡巡謝曰吾婦雖解詞翰然未逮其女弟幼梅夫人之貟不櫛進士也於是又心識之弗敢忘夫人歸淮陰陳心葵先生唱酬之樂不減秦徐中歲失所天茹荼飲糵以養以教而諸孤卓然有成至今江淮士族稱相夫教子者必曰陳母楊太夫人云壬戌之秋余來舊京復通朝籍以祿不時給橐筆金融冀溉餘瀝與陳君晴初共治文書事英姿颯爽知出故家叩之則太夫人冢孫也其在詩曰釐爾女士從以孫子言子孫賢智皆女而士行者有以啓之也太夫人夙工吟咏爲巾幗中之名士竊意拜母升堂請讀然脂餘稿宜若可致者顧卒卒未有間也今年十一月太夫人殁

於故邸哲嗣自江南星夜奔歸檢點篋衍得綠蕚軒詩詞刋本暨續作詩稿如干首吉光片羽手澤如新將排比重印以貽親朋之臨弔者晴初先授余讀之余維詩三百篇婦人女子之作天籟屬焉漢魏以降體乃大繁左芬蘇蕙之儔代有名媛近如許定一氏所輯女界詩家多至三百餘人其刋行專集者殆居大半蓋坤輿旁薄靈淑斯鍾女子善懷往往托之篇什太夫人遺著皆五七言近體雖無派別可分而妙造自然不假雕琢正有合於溫柔敦厚之旨置諸陳其年婦人集與閨秀正始篇中故當高踞一席余私心默識亦既有年雖幸宿願之償而回首前塵則已閱人成世其感歎何如耶且夫有盡者年也無盡者名也以太夫人壽躋老耄猶未盈其數於大齊哲嗣銜罔極之哀乃欲傳不朽之業孝子慈孫之用心將使誦其詩者儀其人而徽音長昭於天壤耳固勝於廣致緇流乞靈冥漠者已民國十八年一月通州白曾然謹序

題詞

二難能濟美示我母儀篇辭悟色絲妙集爭香茗妍清高淮浦月冷雋惠山泉好共宣文幔流傳付後賢

淮安顧震福竹侯

恭讀

陳老伯母楊太夫人綠蕚軒遺集敬塡詩餘一則並附喤引

嗚呼萱本忘憂之草奚以罹憂梅爲冠世之花忽驚辭世當婺星之北隕正機雲之南行洎聞耗以遄旋已愴呼以莫應迺求懿德迺檢遺編有綠蕚軒一集詩詞並載揚扢堪傳洵鴻製也承長次君奉以見示蒙受而讀之竊有以仰見 太夫人之才德並懋福壽全歸有自來矣夫睢鱗章句肇周南敷化之源龍馬精神宜冀北空羣之地既板輿以迎養企璇閣之恒春本人子之烏私亦 慈闈之樂事溯其鱣堂懿系雀

館名楣咏絮才華早聯吟於棠棣含飴福祉宜施蔭於蓀曾而其尤所難能可欽者以江表淑媛歸淮陰　贈公勤挽鹿車不讓桓君之美丸成熊胆應逾柳母之賢所以　夔生兄得以負笈東瀛成其學業　霖生兄亦以就師北地致其觀摩由是或從事交通蜚聲路政或盡力經濟坐綰金融果正回甘方求不死古稀邁七猶然揮灑吟哦年假其三庶以躋登耄耋迺瑤池見召頓沈婺曜於九門而彤管揚輝難罄徽音於百禩爰綴蕪引聊慰　慈靈其詞曰

淮陰母範　江表女宗　久嫻風雅　綠蕚芳華　淸軒逸韻　揮毫慣灑　間五言七言詩　又倚風頻寫　珠玉鏗鏘　眞曲高和寡　探重輶軒　耄齡何靳三年假　彤管稱揚　愧我宣匏奏瓦　奉讀遺篇數過　覺欽遲無邪　播厥音徽　梓傳千古之下　戊辰季冬射陽楊棨拜撰

原序

余少孤露育於伯父母而伯母又蚤卒遺姊弟妹並余六人時經寇亂家空如洗轉徙江淮間姊秉嚴命主家政料量鹽米之隙輒督諸弟妹讀書習女紅如嚴師如慈母余與仲妹年稍長姊責望益切余每晨出就傅夜則隨姊及仲妹等共一燈咿唔室中偶及吟詠如是者七八年未嘗一日閒也迨余出應試屢赴春官姊與仲妹亦先後出室自此別離日多嗣伯父棄養弟妹依次婚嫁余則由幕而宦補官浙東相去日遠相見亦復不易丙午正月姊年六十姊丈吉林馬景江鹺尹攝篆廟

灣余亦移守湖州方遣使爲壽而赴踵至姊已長逝仲妹適南清河陳氏妹丈心葵文譽早著忽得心疾百療不瘳仲妹茹苦撫二甥至於成立而亦垂垂老矣念姊與仲妹境遇雖殊勤劬則一中年以後當不復能事翰墨然偶爾寄興及少時所作或尚存稿寓書索取久而寄到則零篇殘紙而已死生之感不忍恝置擇其稍可成誦者各得數十首合鈔一册付印匪云可傳聊誌雪庭舊夢云爾丙辰五月希逸老人楊志濂

綠蕚軒集

江蘇陳楊志溫幼梅著

並頭蘭

空谷幽芳絕世姿如何也締合歡枝同心臭味宜君子
嘉瑞聯翩答盛時爲有國香人服媚篤於天賦物呈奇
替卿寫照雲箋裏綴玉連珠好護持

寄懷珠舫表姊

十年一面難如此情話方濃又別離三疊陽關腸寸斷
天涯相見復何期

撩人春草與春波無計留君可奈何料得扁舟回望處

早潮不及淚痕多

片帆遠去水雲開　計算歸期正熟梅　惟有相思託明月

送將幽夢渡江來

慵對薰琴夏日長　紅英落盡芰荷香　夕陽望斷江南路

秋水涓涓各一方

柳眼

燕剪初裁綠未勻　雨絲煙縷六橋春　西湖波影添明媚

南國風光鬬笑顰　折處頓教增別淚　眠時微覺減丰神

多情更有垂青意　桃靨梨渦陌上人

紅梅

清絶羣推綠萼華。駐顔亦自有丹砂。香濃鄧尉山邊路、
春麗羅浮仙子家。漫倚高雲簪杏朶。豈隨流水溷桃花。
冰池寫照誰能似。一幅銀箋點絳霞。

秋夜。

一夕西風送晩凉。深閨初御薄羅裳。黃昏幾陣芭蕉雨。
添箇寒蛩絮短牆。
小園風景得秋多。簾影蕭疎漾綠波。讀罷楚騷更漏永。
闌干西角望星河。
雨餘詩思劇新清。雲淡天高雁字橫。遙夜月明人不寐。
秋風送盡擣衣聲。

秋海棠紅白二詠

爲怕輕寒損艷妝淡雲和月護東牆雕欄倚遍人初悄
紅燭燒殘夜未央濃睡不緣留宿醉晚芳可勿恨無香
縱然零落西風裏贏得詩顛賦斷腸

晚凉庭院月如鈎香霧空濛半未收一樣花開緣底淡
十分清絕恰宜秋祗應玉女堪同賞除却水仙莫與儔
漫道牆陰托根淺階蘭籬菊雅相侔

與兄姊弟妹分題詠菊拈得憶菊評菊二題

別後經年圃尚空西風倚遍夢難通昨宵冷月屋梁白
幾處斜陽籬落紅費我躊躇三徑外爲君消瘦九秋中

殷勤寄語黃花道病骨相思兩地同
位置偏宜隱士家品題芳譜入詩葩香能耐晚標淸節
淡到無言見德華把臂仙人儕綠萼同心君子比蓮花
醉來莫笑淵明老月旦何曾一字差

元夜送小荔兄赴春官試

火樹銀花夜未闌驪歌促別赴長安泥金注盼春闈捷
强飯宜加客路餐雷岸傳箋勤遠訊風庭詠絮憶前歡
他時縱有吟成句遙隔燕雲問字難

春陰

陰陰靄靄曉寒輕葉底嬌鶯懶試聲柳似含愁花似睡

春光如許不分明

碧雲深鎖淡煙籠天亦多情惜嫩紅未許綠窗添畫稿
不教花影上簾櫳

春日詩牌集句

約伴尋詩去晴嵐翠上衣遠村初入畫風緊紙鳶飛

寒食

鸚哥聲喚捲簾遲寶鴨香消夢醒時一陣東風飛絮亂
明朝又是踏青期

閒居水北不知年新竹疏籬手自編燕子銜將春色到
雨餘花氣薄於煙

暮春偶作

春光漸老謷詩情廿四番風轉眼更落盡殘紅飛盡絮
最無聊賴杜鵑聲
紅漸闌珊緑漸滋鶯愁蝶倦暮春時珠簾不捲窗深掩
莫放揚花入硯池
最是閨中兒女癡金鈴空繫遍花枝年年春色飄零易
何必朱旛好護持
不向東風問歲華栽培修竹種秋花笑他紅紫無情甚
只解紛飛趁落霞

秋宵雜感呈少梅大姊

秋宵景物漸蕭森刀尺頻催處處砧紫塞風高驚雁度
綠窗月冷逼蛩吟工愁易改當年鬢好靜常懷避世心
追憶垂髫遊戲事閑雲流水過難尋
讀罷南華卷懶收疎花扶影上簾鉤香銷金鼎煙將盡
露冷銀河淡欲流安得靈丹療異疾怕吟舊句惹新愁
年來更有離情切姊妹花開莫倚樓
絲絲涼露濕梧桐玉宇無塵萬籟空殘菊數叢搖夜月
疏簾一桁漾西風點金儂乏之神仙術彈鋏誰知末路窮
冷眼看他趨熱客登場傀儡最相同
輕寒、珊枕夢初回漏箭銅壺幾度催聊向俗塵羈歲月

那能靈境覓蓬萊溫衾久泣黃香淚舉案深慚德耀才
作到女身誠不幸壯懷激烈總成灰

山居

閒庭無客到幽景入詩情嘑鳥自來去白雲三徑橫

初夏

一陣落花風幾點黃梅雨晝長人困時瑤琴閒不撫

漁翁

江鄉風景好我亦羨漁翁白蛤易新釀靑簑醉晚風月
來穿樹綠水去落花紅把釣垂揚下陶然萬慮空

雨後

夜涼瑟瑟似新秋雨過芰荷香更幽閒向桐陰深處立
濕螢飛上玉釵頭

和少梅大姊重檢鏡中花殘稿追感之作

吟來珠玉感當年駒隙如馳歲易遷安得連床風雨夜
吳天越地共團圓

卻笑髫年弄筆癡推敲不覺漏遲遲而今一樣秋燈下
俗累愁魔異昔時

等閒梧葉報秋還霜染楓林色漸斑遺我雲箋悲往事
臨窗握管一偷閒

鏡花水月怕重提卻似雲霄鳥倦飛便是紅塵眞悟澈

神仙何處覓傳衣

秋興

憔悴園林景物賖無邊落葉和清笳長生那得金莖露人世誰乘銀漢槎夜靜流連半檐月秋深珍重一籬花閨中不爲韶光惜一任西風畢歲華

偶成

閒庭寂寂近昏黃寶鴨猶餘未爇香簾捲忽驚風漸緊料應明日是重陽

贈婉卿妹

同是梁溪客偏來異地羈師推一字益見恨十年遲詠

絜清才並如蘭吐屬奇澹然相對處胸次埽茅茨

和研孫大弟七夕感懷

年年愁思怕經秋懶向中庭望女牛猶記垂髫逢七夕
穿鍼姊妹共登樓

神仙猶悵別離多此夕相逢意若何世上癡情多少淚
倩誰流得到銀河

蓼莪抱恨未能刪展誦詩篇淚更潸境遇雖殊愁一樣
總因不合在塵寰

莫以青氈太自傷芸窗珍重寸陰長惟君可展淩雲志
不似深閨願莫償

秋窗夜坐

雨洗梧桐月上遲西風瑟瑟豆花籬涼生氷簟秋初覺
紅褪蓮衣瘦不支四壁蟲聲鳴促織一簾竹影課兒詩
偶然選詠銀缸畔觸景懷人有所思

檢心葵文稿有感

惋惜青燈十載功微名偃蹇恨何窮才非捧日天偏忌
志切凌雲路未通異疾無緣逢扁鵲雄心不復似長虹
最憐莫慰高堂望萊彩難將子職充
鏤骨愁心剗不除那堪回憶結褵初滌甌試茗春晴候
刻燭催詩晚課餘塵世因緣原若夢才人坎坷信非虛

如何燈影明窗畔不許機聲伴讀書

忍將心血付東流深護書囊春復秋日後好教兒輩讀

眼前誰解箇中愁縱然覆瓿差堪免已分遺珠莫與收

安得秦嘉如舊好挽車同作灌園遊

殘篇檢點感當時故紙徒鑽悔已遲奩匣猶留聯詠句

鏡臺久廢麗清詩文章憎命原如此積厚留貽或有之

勉矣兒曹承父志替君課讀好扶持

四時讀書樂爲福咸作

綠滿庭前草芸窗課漸長案頭皆錦綉水面亦文章好

鳥枝頭語遊蜂葉底忙鳳池他日到袖染御爐香

夏晝長如許陰陰綠樹森薰風徐入戶俗慮不縈心琴
撫蟬鳴院棋敲鳥囀林景如壺內靜得句好哦吟
籬荳經疏雨秋宵景物新縹湘休廢學燈火漸堪親尚
少催科累猶非鄰壁貧吾廬明月上莫負此良辰
木落天寒後蕭然俗慮除研求窮萬卷珍重惜三餘念
爾資非鈍嗟余鬢已疎他年希捧檄快慰樂何如

七十初度有感

幼年萍梗任西東不靖干戈處處同嚴父幕遊淮海地
慈親貧病藥爐中依兄弄筆吟詩句隨姊穿針作女紅
午夜蘭閨時絮語憨嬉相對坐薰籠

乳燕離巢各自飛浙雲吳水見時稀蓼莪既抱終天恨
鳧雁猶嗟戒旦違落葉時添新火竈牽蘿聊補舊柴扉
眼前只惜雙兒幼課讀青燈形影依

歷盡艱難七十年歌吟黃鵠景移遷燕巢不定驚時亂
鶴俸雖微幸子賢萍散弟兄居異地蘭摧姊妹隔人天
謝庭風絮今非昔一憶當年一愴然

滄桑世變遍經之歷刼深嗟返本遲舞綵欣看雙棣蕚
含飴痛折長孫枝遮雲皓月終遺憾垂暮斜陽好幾時
不墮箕裘諸子姪竇家五鳳並爭奇

和農孫弟七十述懷

述懷詩敘歷年衷際遇雖殊事略同（余與蓀兄均有此作）皖境循
聲迎竹馬江淮賑務恤哀鴻青氈克繼承先志紫綬甘
抛尚古風領略白門山水秀芒鞋竹杖樂無窮
鴻案相莊七十年月圓人壽慶雙全箕裘紹述平生慰
弧帨交輝晚景賢愛女清才稱詠絮文孫農學著先鞭
遙知此日羣仙會倚杖含飴醉綺筵

和農弟七十述懷詩後有感

一夢京華已十年那堪南北盡烽烟宦途淡泊同雞肋
故里荒蕪薄粥田縮地無方何日見山河破碎幾時全
離懷悵觸憑誰訴啼遍空山聽杜鵑

附詞

江蘇陳楊志溫幼梅著

醉太平

荷香晚晴桐陰月明秋風何處鳴琴聽泠泠數聲　窗虛暑清庭空露沉流螢飛上羅襟動詩情幾分

唐多令　一句湖泛棹

泛棹納涼遊花香水國秋鏡中行雨霽風柔舟向芙蓉深處去紅影動碧光浮　落日小橋頭魚罾蟹斷留暮烟中驚起羣鷗款乃一聲歸去也雲似織月如鈎

鳳凰臺上憶吹簫

籬豆花疎井梧葉落晚來雨過新凉正月華光滿氷簟銀牀十二湘簾盡捲漏迢迢良夜初長星河漾閒拋團扇檢點羅裳　橫塘紅妝零亂看玉露冷冷粉墜蓮房聽蟬吟遠樹蛩語寒牆長笛樓頭誰倚動詩情每爲秋狂淸堪賞乘風萬里我欲翺翔

如夢令　詩牌集句

花滿枝頭如繡又是去年時候柳弱海棠嬌風片雨絲春瘦消受消受閒數落紅淸晝